LE SERMON AUX POISSONS

Patrice Lessard

LE SERMON AUX POISSONS

roman

HÉLIOTROPE

Héliotrope
4067, boulevard Saint-Laurent
Atelier 400
Montréal (Québec)
H2W 1Y7
www.editionsheliotrope.com

Maquette de couverture : Antoine Fortin
Maquette intérieure et mise en page : Yolande Martel

*Catalogage avant publication de Bibliothèque et Archives nationales
du Québec et Bibliothèque et Archives Canada*

Lessard, Patrice, 1971-

Le sermon aux poissons

ISBN 978-2-923511-36-8

I. Titre.

PS8623.E877S47 2011   C843'.6   C2011-941194-6
PS9623.E877S47 2011

Dépôt légal : 2ᵉ trimestre 2011
Bibliothèque et Archives nationales du Québec
© Héliotrope, 2011

L'auteur a bénéficié d'une bourse du Conseil des Arts du Canada pour
l'écriture de ce roman.

Les Éditions Héliotrope remercient de leur soutien financier le Conseil
des Arts du Canada et la Société de développement des entreprises cultu-
relles du Québec (SODEC).
Les Éditions Héliotrope bénéficient du Programme de crédit d'impôt pour
l'édition de livres du gouvernement du Québec, géré par la SODEC.

RÉIMPRIMÉ AU CANADA EN SEPTEMBRE 2011

Et parce que même ici ceux qu'il avait laissés ne le laissaient en paix, il quitta d'abord Lisbonne, puis Coimbra, et finalement le Portugal. Pour fuir et se cacher des hommes, il changea ses habitudes, changea son nom, jusqu'à se changer lui-même.

PADRE ANTÓNIO VIEIRA

pour Chloé

à la mémoire de
Manuel Jorge Ramos Lopes

1

Il se réveilla en sursaut.

Une espèce de martèlement résonnait dans le pátio et dans son crâne comme des coups de masse sur une cloche. Il referma aussitôt les yeux à cause de la blancheur, du trop-plein de soleil, les coups dans sa tête s'amplifiaient, pas de doute, pensa-t-il dans le demi-sommeil, une sale gueule de bois, et il ne connaissait contre cela qu'un seul remède, dormir, surtout ne pas se lever.

À un moment il crut entendre à travers les coups un cri, des paroles qu'il ne sut déchiffrer, une vieille femme sans doute qui parlait à son mari, à une voisine. Je ne sais plus combien de temps il dormit encore après les coups mais le cri de la vieille femme le suivit dans ses rêves, Clara aussi, il rêva de Clara.

*

Parfois, quand les cris et le tapage de la cour les réveillaient le matin, ils s'amusaient à imaginer leur provenance, s'inventaient des scénarios, des intrigues.

Quelques semaines plus tôt, une nuit, alors que l'église de la Graça tout près sonnait quatre heures, ils avaient entendu les cris d'une femme dans la cour intérieure, le pátio de la Villa Sousa. Antoine s'était levé et avait vu du balcon un couple dans l'allée de la porte cochère, la femme pleurait et insultait l'homme. Il avait un bandage à l'avant-bras, la manche de sa chemise était déchirée, pendait en lambeaux bariolés de rouge le long de son bras, sa poitrine était tachée de sang, ça ressemblait à du sang, la femme criait, É sempre a mesma coisa contigo! ficas bêbado e apalpas todas as mulheres e não te preocupas comigo! L'homme répondit quelque chose d'indistinct pendant que Clara venait rejoindre Antoine sur le balcon, puis le couple pénétra dans le hall de l'immeuble et Antoine entendit de nouveau, à travers une mélodie indistincte, du piano, la femme crier, Ingrato! chorinhas! cagarolas! não quero ficar aqui, não podemos viver aqui depois do que acabou de acontecer! puis plus rien. Clara demanda alors à Antoine ce que la femme avait dit, Clara ne parlait pas portugais et Antoine, dans ce genre de situation, devait lui servir d'interprète. Or il n'avait pas trop compris ce qui s'était passé, les paroles prononcées oui, mais trop souvent ça ne suffit pas, il dit,

C'est certainement une histoire de femme, C'est-à-dire? questionna Clara, Elle lui a dit qu'il était soûl et qu'il avait tripoté d'autres femmes, peut-être qu'ils étaient dans un bar, qu'il a touché la femme d'un autre qui s'est fâché et l'a coupé avec un verre, un couteau, je ne sais pas, Clara dit alors, En tout cas sa blessure ne semblait pas très grave, Tu as vu ça d'ici? s'étonna Antoine, Je n'ai pas vu la blessure mais il n'avait pas l'air tellement handicapé, répondit Clara. Ça avait du sens. Et cette musique, c'était quoi? demanda-t-elle encore, Je ne sais pas, du piano, répondit-il, et elle, Je sais bien que c'était du piano, mais ça venait d'où? Tant que ça ne nous réveille pas, ça n'a pas vraiment d'importance, conclut Antoine. Puis ils étaient retournés se coucher et n'avaient jamais revu ces gens, ils ne les avaient d'ailleurs jamais vus auparavant, beaucoup de monde allait et venait dans le pátio de la Villa Sousa.

Une autre nuit, quelques jours plus tôt, après être allés manger et boire avec des amis dans un restaurant capverdien du Bairro Alto, ils étaient rentrés en taxi aux petites heures et avaient trouvé devant chez eux, sur le Largo da Graça, aux portes de la Villa Sousa, une ambulance, des voitures de police et une foule de gens assemblés bien qu'il fût quatre, peut-être cinq heures du matin, ils avaient entendu les cloches de l'église sans y porter attention, c'était assez étonnant de voir ainsi autant de gens dehors à cette heure. Des

vieilles en pantoufles et robe de chambre étaient des-
cendues de chez elles pour assister au spectacle, Clara
et Antoine entendaient des cris mais ne comprenaient
pas d'où ils provenaient exactement, du pátio, oui,
mais c'est tout ce qu'on pouvait dire. Ils voulaient
rentrer chez eux et, pour ce faire, devaient passer par
l'allée de la porte cochère, l'appartement qu'ils louaient
pour les vacances se trouvait de l'autre côté de la cour,
au troisième et dernier étage, mais les policiers refusè-
rent de les laisser passer, Antes dos socorristas terem
acabado o trabalho, leur dit l'un d'entre eux, Avant
que les secouristes aient terminé leur travail, précisa
Antoine pour Clara qui s'écria, Mais nous vivons là!
le policier ne répondit pas, il ne parlait probablement
pas français. Une vieille dame agrippa Clara par le bras
et dit, Há um morto! é por isso que esta mulher grita
assim! Clara ne comprit pas ce qu'elle disait, des
ambulanciers apparurent en poussant une civière où
se trouvait assise une femme visiblement sous le choc,
en larmes et le visage strié de griffures, comme si elle
avait voulu se l'arracher avec les ongles, elle était
emmitouflée dans une couverture verte, on ne voyait
que son visage, elle pleurait, avait du sang sur les joues.
Quelques secondes plus tard d'autres ambulanciers sortirent de l'allée de la porte cochère avec une deuxième
civière recouverte d'une couverture verte, C'est un
cadavre, dit Clara, Tu crois? demanda Antoine, C'est

évident, tu ne vois rien, répondit-elle. Avec cette couverture sur la tête, le signal était on ne peut plus clair. Puis elle ajouta, C'est la première fois de ma vie que je vois un mort, sauf au salon funéraire, On ne le voit pas, dit Antoine, on ne peut pas dire qu'on le voit, ce mort n'a pas de visage pour nous, C'est vrai, mais ça ne veut pas dire que nous n'avons pas d'yeux, conclut Clara. On se serait cru dans un roman de Saramago.

Ils attendaient dans la rue depuis une bonne demi-heure lorsqu'on les laissa enfin rentrer chez eux, de même les petits vieux en robe de chambre. Une vieille femme cria alors à Clara, comme si celle-ci s'était trouvée de l'autre côté de la rue alors qu'elle était là tout près, Até que enfim! há duas horas que estamos pr'áqui nus no meio da rua! e eles não nos queriam deixar entrar! Clara ne comprit pas un mot de ce que racontait la vieillarde, crut même une fraction de seconde qu'elle allait l'attaquer, lui sauter à la gorge ou lui griffer le visage, mais heureusement à ce moment un policier s'interposa et dit à la dame, Foi a senhora que saiu à rua! et la vieille alors s'offusqua, Mas era preciso ver o que se estava a passar! et elle ajouta, De qualquer maneira, não estava a falar consigo! Qu'est-ce qu'elle a dit? demanda Clara, et plus ou moins approximativement Antoine traduisit, La dame a dit qu'il était temps qu'on nous laisse rentrer, que ça faisait deux heures qu'ils poireautaient là à moitié nus, alors le policier lui a dit que c'est elle qui était descendue, et elle lui a répliqué qu'il fallait bien voir ce qui se passait et que de toute façon elle ne lui avait pas parlé, Au policier ? questionna Clara, Oui, évidemment puisque c'est à toi qu'elle parlait, Ouf ! ce n'est pas clair, dit alors Clara, et Antoine, C'est normal, avec la traduction, on perd, et encore Clara, Mais pourquoi elle criait ? Je crois qu'elle ne savait pas qu'elle criait, conclut Antoine.

Ils traversèrent lentement la cohue, Antoine demanda à une dame, Senhora, se faz favor, sabe o que aconteceu ? Sim ! répondit-elle et elle lui expliqua ce qui s'était passé, puis Antoine traduisit pour Clara, Elle dit qu'un type est tombé du balcon du troisième, il était là avec sa femme, avec une femme en tout cas, ils étaient soûls et il est tombé, elle a aussi dit, Je suis sûre qu'elle l'a poussé, c'est une vraie folle, elle passait son temps à lui crier dessus, à l'insulter. Clara et Antoine entrèrent dans le pátio, il y avait sur le sol une grande flaque d'eau rosée dans laquelle éclatait la lumière blanche du lampadaire.

Une fois chez eux, il s'accouda à la fenêtre pendant que Clara prenait une douche. Malgré les lueurs de l'aurore, les feux de la ville et des bateaux miroitaient toujours sur le Tage, il fut frappé une fois de plus par la beauté de l'église São Vicente Fora d'un côté, du

Castelo São Jorge de l'autre. Il se sentait libre et amoureux. Je veux vivre ici, pensa-t-il.

Beaucoup plus tard ce jour-là, en sortant de la cour, Clara pointa sur le mur blanc de toutes petites gouttes de sang qu'on avait oublié de nettoyer et dit, Je suis sûre qu'elle ne l'a pas poussé. Cette remarque étonna Antoine.

*

Au matin du début de cette histoire, les coups de marteau finirent par réveiller Antoine pour de bon. En ouvrant les yeux, il chercha machinalement Clara à côté de lui et il lui fallut quelques secondes pour se souvenir. Après s'être retourné dans son lit pendant un bon quart d'heure, il se leva finalement, malgré son mal de tête. Il attrapa une orange et sortit sur le balcon. On sonnait les cloches à l'Igreja da Graça mais il ne prit pas la peine de compter les coups.

Il y avait toujours du bruit dans la cour intérieure, et c'est ce qui le réveillait tous les matins. Il avait beau se mettre des bouchons dans les oreilles, ça ne changeait rien, parfois ne pas vouloir entendre ne suffit pas. Le dimanche, les locataires de l'immeuble passaient la journée dans le pátio, faisaient griller des sardines et se criaient dessus en écoutant de vieux fados. Mais ce n'était pas dimanche.

Depuis son arrivée au Portugal, il avait eu du mal à tenir le compte des jours, cela arrive souvent dans l'oisiveté.

Soudain il pensa, lendemain du départ de Clara. Jeudi? ou vendredi? Il ne savait plus trop.

Ce matin-là, à première vue, il n'y avait rien d'inhabituel. Un vieux locataire vivant au rez-de-chaussée, tout près de l'allée de la porte cochère, arrosait de petits buissons de fleurs orangées qui avaient poussé entre les pavés. Une dame étendait son linge par la fenêtre, il y avait toujours du linge à sécher sous les fenêtres.

Il avait cru que les coups de marteau provenaient de chez monsieur Simão, le menuisier qui avait son atelier en bas dans le pátio, mais non, de là-haut il ne vit pas monsieur Simão et la porte de son atelier était fermée et cadenassée. Il s'assit sur son balcon et resta là quelques instants, un peu dans les vapes, à tapoter son orange. Au bout d'un moment, les coups recommencèrent. Il se pencha par-dessus la balustrade du balcon et vit de l'autre côté de la cour une petite vieille, dans son appartement du premier étage, qui tapait sur un clou, elle devait vouloir raccrocher la corde à laquelle étaient suspendus ses rideaux, elle plantait son clou dans la porte qui donnait sur son minuscule balcon et le bruit résonnait dans le pátio comme si elle avait été en train de frapper sur une enclume. Dans le pátio, chaque bruit résonnait de manière étonnante, le moindre chuchotement, le moindre hoquet s'amplifiait en appel au secours, cri de mort, le moindre petit bruit dans le pátio laissait imaginer rixes, viols, meurtres.

Après avoir résolu l'énigme des coups de marteau, Antoine resta assis quelques minutes sur la varanda à regarder dans le vide en tripotant son orange, puis se décida finalement à l'éplucher, lentement. L'odeur de l'orange, pour une raison inconnue, lui rappela Madrid, la chaleur de Madrid, et lui fit penser à Serena. Cela lui procura un malaise qu'il n'arriva pas sur le coup à s'expliquer, pourquoi je pense à Serena? se demanda-t-il. Il resta encore quelques instants sur le balcon avec son orange à moitié pelée à regarder la cour mais le malaise persistait, les coups de marteau continuaient, pourquoi je pense à Serena? et tout à coup il se rappela.

Pas tout, des bribes. Il avait rêvé à Serena la nuit précédente. Un rêve érotique, cochon même, c'était encore assez flou dans son esprit mais le malaise ne s'était pas évanoui pour autant, bon, un malaise subtil, c'est certain, à peine plus dérangeant que cette indistincte mélodie de piano qu'on entendait parfois la nuit, dans la cour, le genre de malaise qu'on néglige, je veux dire, habituellement ses petites angoisses oniriques tombaient quasi instantanément dans l'oubli, mais là non, elles lui collaient dans la tête, un peu comme quand on rêve à une inconnue et qu'on se réveille amoureux d'elle, ce genre de manque, voilà, si ça se trouve je suis le seul à qui ça arrive, songea-t-il, je ne sais pas, ça ne dure jamais que quelques instants mais ça arrive, et Serena n'était pas à proprement parler une inconnue bien qu'il n'eût passé avec elle que quelques heures. Ils s'étaient rencontrés par hasard un an plus tôt, à Madrid, et ils avaient couché ensemble, rien de plus, c'est ce qu'il avait toujours cru, alors pourquoi tout à coup lui manquait-elle ainsi ? C'est pourtant Clara qui aurait dû lui manquer ce jour-là, ça semble évident. Il était tout retourné alors qu'il n'avait pas pensé à Serena depuis des semaines, peut-être des mois et là, bon, je ne lui ai pas écrit depuis des mois, des semaines, pensa-t-il, il se sentait coupable, c'était dans sa manière. Je vais lui écrire, se dit-il, j'ai le temps. Il rentra.

L'appartement de la Villa Sousa était tellement petit, vingt mètres carrés à peine, que même sans Clara il ne pouvait paraître vide. Rita était toujours au Cap-Vert et avait accepté de le lui prêter encore quelques semaines, or sans travail il aurait du mal à survivre jusqu'à la fin du mois. Il faut que je commence à chercher, pensa-t-il, je ne pourrai pas faire le touriste encore bien longtemps, mais pour l'instant, écrire à Serena, prendre des nouvelles d'elle après ce rêve étrange et quelque peu ridicule qui lui donnait mauvaise conscience à la fois envers Serena et Clara.

Il alluma l'ordinateur de Rita et écrivit un courriel à Serena, du genre comment ça va, ça fait longtemps que je n'ai pas eu de tes nouvelles, qu'est-ce que tu deviens, etc., ils s'écrivaient de temps en temps ce genre de message qu'ils assaisonnaient de plaisanteries vaguement primesautières dont s'abstint ce jour-là Antoine. Serena lui répondit aussitôt, Ma vie est un enfer! j'ai plaqué mon amoureux il y a deux semaines, il me trompait, l'enculé! et je viens juste de me rendre compte ce matin que je suis enceinte! je ne sais plus quoi faire, tu es le premier à qui j'en parle, je suis complètement perdue, je crois que je vais me faire avorter, je t'embrasse, Serena.

Peut-être à cause de son rêve, il fut vraiment secoué par cette nouvelle, se demanda même un instant s'il n'avait pas quelque chose à voir là-dedans, c'était un peu flou dans ma tête mais j'avais quand même couché avec elle en rêve, pensa-t-il, nous avions été interrompus, c'est vrai, mais ça ne prend parfois pas grand-chose, de toute façon je me sentais impliqué. Il voulut lui téléphoner, sentant qu'écrire n'était pas suffisant, mais il n'avait pas son numéro, essentiel de lui parler, pensa-t-il, elle venait de lui répondre quelques minutes plus tôt, elle était peut-être toujours devant son ordinateur, il écrivit, Je suis complètement sonné par cette nouvelle, il faut que je te parle, ne te méprends pas, je veux dire, ce n'est pas grave, mais pourquoi veux-tu te faire avorter? j'ai rêvé à toi la nuit dernière, ce message est complètement absurde, pensa-t-il, mais il ne pouvait tout de même pas lui expliquer qu'il lui avait fait l'amour la veille, elle ne comprendrait pas que, bon je ne sais pas, je ne pensais évidemment pas que j'étais le père mais au fond, en tout cas, je ne sais pas, j'avais du mal à me concentrer à cause du mal de bloc, les coups de marteau continuaient dans le pátio, il écrivit, Ne fais pas de connerie, il ne faut pas te laisser aller à la confusion ambiante, appelle-moi! c'est important, j'ai un téléphone, voici mon numéro (il tapa son numéro), ne fais pas de connerie, pas d'avortement! Elle va me prendre pour un cinglé, un fanatique pro-vie ou quelque chose du genre, pensa-t-il après avoir écrit cela, alors il ajouta, Je t'embrasse, tu me manques, et pensa que c'était encore pire mais envoya tout de même le message sans rien y changer.

Il s'assit sur le sofa du salon et écouta attentivement, il ne savait pas où se trouvait son téléphone mais il l'entendrait si elle appelait. Il attendit ainsi quelques minutes, il était très nerveux, il avait rêvé qu'il couchait avec elle, des images explicites, comme on dit, et bon, le lendemain elle était enceinte! Ce ne pouvait être qu'un hasard, après quelques minutes d'attente c'était déjà plus clair dans son esprit, mais ce n'en était pas moins déconcertant, dans la confusion de la journée d'hier, la nuit plus ou moins sans sommeil, le mal de tête, tout ça, il se sentit tout à coup beaucoup plus proche d'elle, très proche en fait.

Il resta immobile à écouter le silence pendant quelques minutes mais n'entendit pas de sonnerie, au bout d'un moment résonnèrent les cloches de l'Igreja da Graça et cette fois il prêta attention aux coups, compta, il en était à dix lorsque de l'ordinateur retentit un bruit de fruit qui s'écrase sur le sol, lui indiquant qu'il venait de recevoir un message, Serena lui avait répondu, Tu me manques aussi, tu es très gentil, j'essaie de t'appeler mais tu ne réponds pas, as-tu Skype? Il se remit à la recherche du telemóvel, d'habitude, il le laissait sur une petite étagère à côté de la porte d'entrée ou alors sur le chargeur, dans la cuisine, mais il n'y était pas, ni dans ses poches de pantalon ni nulle part. Il écrivit de nouveau à Serena, Je n'ai pas Skype et je viens de me rendre compte que j'ai perdu mon téléphone mais il faut que je te parle, j'ai rêvé à toi, bon, oublie ça, ça n'a rien à voir, le rêve, mais attends avant de faire quoi que ce soit, ne te débarrasse pas du bébé, je veux dire, il faut que je réfléchisse, je pense à toi, c'est vrai, je te jure que c'est vrai, je ne te laisserai pas tomber, je te le promets, je te demande pardon de ne pas avoir écrit plus souvent depuis l'été dernier, comme si tu n'étais rien, mais tu n'es pas rien, je jure, donne-moi ton numéro, je t'appellerai dès que j'aurai retrouvé mon téléphone, je t'embrasse.

C'était un message totalement embrouillé et ridicule, je m'étais laissé emporter par un élan spontané, c'était à cause du rêve, je n'avais d'ailleurs jamais voulu avoir d'enfant, et toute cette confusion fit que Serena crut à une espèce de déclaration.

C'était assez contrariant d'avoir perdu ce téléphone, d'autant plus qu'il ne lui appartenait pas, c'est Manuel qui le lui avait prêté. Antoine retourna s'asseoir sur la varanda, il repensa à son rêve et se rappela que Clara en faisait partie, elle pleurait parce qu'il avait couché avec Serena, elle s'en était aperçue, elle les avait surpris et, revenant à la réalité, il se rendit compte que, sans le telemóvel, il ne pourrait pas parler à Clara, qu'est-ce qui se passera, pensa-t-il, si elle m'appelle et que je ne réponds pas? peut-être croira-t-elle que je ne veux plus lui parler. (Mais Clara a toujours détesté le téléphone, elle n'aurait sûrement pas appelé, elle n'avait probablement même pas le numéro.) Il mit de nouveau l'appartement sens dessus dessous et échoua une fois de plus dans ses recherches. Je l'ai forcément oublié quelque part hier, pensa-t-il, il l'avait en revenant de l'aéroport, après avoir reconduit Clara, il s'en souvenait, il avait plusieurs fois regardé l'heure, pour rien, par nervosité sans doute, mais après, il ne savait plus.

En retournant les coussins du sofa, il trouva un minuscule flacon de parfum presque vide que Clara avait laissé là, son odeur était encore partout dans l'appartement. Toujours cherchant le téléphone, il s'imagina qu'en plus du parfum elle avait peut-être laissé pour lui un signe, un mot qui le laisserait espérer, malgré ce qu'elle lui avait dit, qu'elle reviendrait auprès de lui. Mais il ne trouva rien. Ni signe ni téléphone.

2

Cette année-là, au début de leurs vacances à Lisbonne, Antoine avait déjà décidé de rester là, de ne pas rentrer à Montréal, il avait noté quelque part dans un carnet, Personne ne le sait encore, pas même Clara, mais je pense que je ne rentrerai pas, cette fois, je ne rentrerai pas.

Évidemment, il avait fini par en parler à Clara, environ trois semaines avant la fin de leurs vacances, pour qu'elle reste avec lui, il aurait voulu qu'elle reste, mais la solitude et l'exil lui faisaient moins peur que le retour à Montréal, juste d'y penser, il avait l'impression d'étouffer, que la ville se refermait sur lui. Depuis qu'ils étaient arrivés à Lisbonne il se sentait mieux, cette sensation d'oppression l'avait presque abandonné, je viens de me sortir de la cage de Montréal, si j'y retourne, je replonge, je me noie, pensait-il, et il aurait voulu que Clara restât elle aussi, avec lui. Mais de toute manière, ce serait avec ou sans elle, pour lui, c'était très clair.

Ils étaient au Snack Bar Matas, en face de chez eux, sur le Largo da Graça, un café pas particulièrement sympa que Clara détestait, elle trouvait que la patronne avait l'air bête, mais Antoine pensait qu'il était important, surtout dans un pays comme le Portugal où habituellement tout le monde est gentil, de tester la patience des gens désagréables. Dans ce café, les gens s'engueulaient et Antoine essayait de comprendre ce qu'ils disaient. Une dispute dans une langue étrangère, ce n'est jamais vraiment sérieux à moins que quelqu'un sorte un couteau, un revolver. Ce jour-là ils virent la patronne houspiller son employé, un jeune à l'air un peu niais qui s'appelait Jean-Paul, ils ne comprirent pas un mot de leur discussion (d'ailleurs, quand on finit par comprendre ce qu'ils disent, ça devient beaucoup moins intéressant) mais pour Antoine, se trouver au milieu de tout ça, comme s'il n'avait pas le choix, comme s'il vivait déjà ici, c'était rassurant.

Tout de suite après cette engueulade qui ne les concernait pas du tout, il déclara à Clara qu'il ne retournerait pas à Montréal, Qu'est-ce que tu veux dire? demanda-t-elle, Je ne veux plus vivre là-bas, on est bien ici, on pourrait refaire notre vie, j'ai toujours eu envie de vivre ailleurs, de m'exiler, elle dit, Bon, encore tes rêves de grandeur, mais lui, Je suis sérieux, c'est décidé, je ne rentrerai pas à Montréal et j'aimerais que tu restes ici avec moi, Clara le regarda un instant, interloquée, puis, Tu es sérieux? Je suis sérieux, tu veux bien rester avec moi? et elle, après quelques secondes de silence, Mais je ne veux pas vivre ici, qu'est-ce que je pourrais faire ici? je ne parle pas la langue, je ne pourrais même pas travailler! Tu pourrais être ma reine du foyer, dit Antoine, mais Clara ne goûta pas la plaisanterie, On est bien chez nous! c'est chez nous! ici c'est pour être ailleurs, pour les vacances, mais notre vie n'est pas ici! Elle pourrait l'être, dit Antoine, on serait bien ici, il fait beau, elle dit, On aurait une vie de merde! Mais pourquoi voudrais-tu qu'on ait une vie de merde? demanda Antoine qui commençait à s'énerver, et Clara, Ce serait forcément une vie de merde, je ne pourrais pas travailler, toi tu aurais certainement un boulot pourri, où est-ce qu'on vivrait? Écoute, dit-il, on termine nos vacances comme prévu, et après, moi, je reste ici et je trouve du travail, je cherche un appartement, toi tu retournes à Montréal, tu vends tout ce qu'on a et tu viens me rejoindre, comme ça on aura un petit coussin pour commencer, et il pensa aussi que de cette manière il n'y aurait plus rien là-bas pour eux, ce serait plus facile de rester sans possibilité de retour. Clara dit, Je savais que ça finirait comme ça, Ça ne finit pas, dit-il, et pourquoi tu dis ça? je savais, qu'est-ce que tu savais? elle dit, Antoine, je ne veux pas vivre ici, et lui, Clara, je ne rentrerai pas à Montréal et je veux vivre ici avec toi. Elle ne répondit pas. Mais elle fit, et lui aussi, comme si elle acceptait son plan.

Elle posa bien les jours suivants quelques questions par-ci par-là, essaya deux ou trois fois de le convaincre de repousser son projet à l'année suivante, Pour avoir le temps d'y penser, de nous organiser, disait-elle, mais son idée à lui était faite, il n'était plus question de rentrer. Et nos parents? et ton frère? et nos amis? lui demanda-t-elle un jour, mais ce n'était déjà plus au Snack Bar Matas, Tant pis, répondit-il froidement, il ne savait quoi dire d'autre. Il se sentait très ingrat, mais bon, il fallait vivre, et pour lui la vie était à Lisbonne.

Il n'aurait pas su expliquer pourquoi mais il entre-voyait, dans cette nouvelle vie lisboète, de vagues espoirs de sérénité.

*

Ils avaient quitté l'appartement de Rita vers huit heures trente, l'avion de Clara (leur avion en fait, qu'Antoine ne prit jamais) décollait un peu avant midi. Clara, dans le taxi, ne dit pas grand-chose, elle était distante, Je ne veux pas parler, si je parle je vais pleurer, expliqua-t-elle alors qu'il lui faisait remarquer son mutisme. Et moi je ne pleurais pas, je ne pleure pas souvent, c'est dans les pires moments que ça ne vient pas, on dirait, mais même quand ça vient j'ai toujours l'impression de jouer la comédie, de mentir, alors c'était mieux de ne pas pleurer, au fond. Je ne sais pas à quoi pensait Clara en regardant pour la dernière fois la ville qui, à proximité de l'aéroport, n'avait plus grand-chose à voir avec la Lisbonne qu'elle aimait. Je pensai que je ne me retrouverais peut-être plus jamais là avec elle et ça faisait très mal, comme la veille, sur le Rossio, quand nous avions bu notre dernière ginja ensemble, mais je me souviens que persistait entre nous, sur le Rossio, un vague sentiment de joie, de la félicité d'être ensemble, je ne peux pas imaginer que Clara n'était pas un peu heureuse d'être là avec moi.

À l'aéroport nous avons enregistré ses bagages puis nous sommes allés prendre un café dégueulasse, il restait beaucoup de temps avant l'embarquement. Nous étions assis dans une grande salle blanche et lumineuse avec beaucoup d'autres gens qui, comme nous, attendaient. Certains semblaient heureux, d'autres non. Je dis, Montréal est vraiment une ville de merde, tu ne trouves pas? elle répondit, Je ne crois pas, C'est tout? demandai-je encore, et elle, Qu'est-ce que tu veux dire? Tu ne dis rien d'autre? insistai-je, Non, c'est tout, conclut-elle.

Devant moi, assise sur un banc de métal à côté d'un grand sac de voyage en cuir, une femme lisait une revue de mode avec Saldos, soldes, écrit à l'endos, elle était très élégante. Je ne sais pas exactement pourquoi mais je pensai, dès que je l'aperçus, qu'elle était espagnole, et je me rappelai une autre Espagnole que j'avais vue un jour, avec Clara, dans un restaurant du quartier de la Graça, elle aussi très belle, les cheveux noirs relevés en chignon, les traits accusés, déterminés. Elle mangeait avec deux amies à la table à côté de nous et parlait très fort, parlait sans arrêt et, observant la femme élégante de l'aéroport avec sa revue de mode, je me souvins que, dans le resto, Clara avait dit en riant, à propos de l'autre, Ce qu'elles parlent fort ces Espagnoles! et moi je la trouvais très sexy, cette manière de prononcer les « s », comme avec du feutre sur la langue, et je pensai à l'aéroport que cette femme en face de moi était sans doute une raison de plus de rester ici, je veux dire, pas cette femme en particulier (qui était d'ailleurs vraisemblablement en train, elle aussi, de quitter Lisbonne), mais le souvenir de l'autre, celle du restaurant (je cherche encore, en écrivant, le sens de cette intuition que j'eus à l'aéroport), peut-être parce que nous y avions vécu, Clara et moi, un moment de joie.

Clara dit, me sortant de mes rêves exotiques, Je ne vais pas rester avec toi jusqu'à la fin, j'ai besoin d'être un peu seule avant de partir, j'ai besoin de penser et je ne peux pas penser avec toi, Tu pourras penser dans l'avion, dit Antoine, ce sont nos derniers moments ensemble avant longtemps, et Clara, À quoi ça sert de rester ici à nous morfondre en attendant la fin? Chaque minute passée ensemble est importante, surtout aujourd'hui, expliqua Antoine, Non, je préfère partir, je veux penser avant de monter dans l'avion, À quoi? demanda-t-il, Clara ne répondit pas, il répéta, À quoi? et il se sentit tout à coup très nerveux. Elle dit finalement, À ce qui va arriver, Qu'est-ce que tu veux dire? et Clara, Je ne crois pas que je vais revenir, Quoi? fit Antoine, Je te l'ai déjà expliqué, dit Clara, je ne crois pas que je pourrais vivre ici pour toujours, Mais tu n'es pas obligée de revenir pour toujours! il faut juste que tu reviennes! le plus vite possible! après on verra, dit Antoine, et Clara, Tu vois comment tu dis les choses? je ne suis pas obligée de revenir pour toujours mais toi tu as déjà pris ta décision, tu as décidé de rester avec ou sans moi, Je ne veux pas vivre sans toi, je veux que tu sois ici avec moi, elle dit, Nous pourrions vivre ensemble à Montréal, Je ne peux plus vivre à Montréal, dit Antoine, j'étouffe à Montréal, ici je commence à respirer, à sortir la tête de l'eau, là-bas j'étouffe, dis-moi que tu reviendras, Je ne sais pas, dit Clara, il faut que j'y pense, et lui, Quand tu reviendras j'aurai du travail, Costa a dit qu'il m'aiderait à trouver, et nous aurons un appartement, pas un coqueron minuscule comme chez Rita, un appartement que tu aimeras,

tu choisis dans quel quartier, dans la Graça? la Pena?
je trouverai, je te promets, Manuel m'aidera, moi je
pourrais vivre n'importe où ici, avec toi, je ferai tout ça
pour toi, J'y penserai, dit Clara, et lui, Tu as le numéro
du portable? tu m'appelleras? Tu sais que je déteste le
téléphone, répondit-elle, Tu m'écriras? il faut que tu
m'écrives! et elle, Ne m'écris pas, maintenant je pars,
laisse-moi réfléchir, je t'écrirai quand j'y verrai plus
clair, Je t'aime, dit Antoine, je voudrais que tu ne partes
pas, Clara dit, Je t'aime aussi mais je pars, je t'écrirai
dans quelque temps, C'est très vague, dit Antoine, Oui,
mais tu aimes bien ce qui est vague, pas vrai?

Elle embrassa Antoine un peu trop rapidement à
son goût, prit son bagage à main et s'échappa vers les
portes d'embarquement. Il resta là un instant à la
regarder mais elle ne se retourna pas.

Il sortit de l'aéroport et fit la queue pendant un bon
quart d'heure dans la cohue des voyageurs avant de
pouvoir prendre un taxi. Il avait rendez-vous à seize
heures à la mairie avec Costa qui lui avait proposé de
l'aider à trouver du travail, Je ferai jouer mes relations
à la Câmara Municipal et au Partido Social Democrata,
avait-il dit. Plus tôt je trouverai du travail, pensait
Antoine, plus il y a de chances que Clara revienne,
mais au fond cette idée n'avait probablement pas beaucoup de sens, ou alors elle en avait pour lui, mais pas
nécessairement pour Clara.

Sur le chemin du retour, il pensa que c'était la première fois qu'il rentrait à Lisbonne seul, sans Clara (mais c'était faux). Il se sentait extrêmement nerveux, sans trop comprendre pourquoi, il avait plusieurs fois visualisé ce moment, son entrée dans la ville de son exil, mais toujours avec Clara, il n'avait jamais véritablement envisagé la possibilité qu'elle le quitte et, quand l'idée le frappa qu'elle ne reviendrait peut-être pas, qu'il pourrait ne jamais la revoir, il eut soudain du mal à respirer et sentit la sueur mouiller sa chemise. Il voulut alors baisser la vitre mais la commande électrique ne répondit pas. Il demanda au chauffeur, Excusez-moi, monsieur, vous pouvez ouvrir la fenêtre? mais le chauffeur, L'air climatisé ne suffit pas? Non, je ne peux pas respirer, précisa Antoine, et alors le chauffeur baissa les quatre vitres du taxi, C'est mieux comme ça? demanda-t-il, Oui, merci, Vous parlez bien portugais, cria alors le chauffeur à cause du vent, du bruit du vent et de la circulation, et il ajouta, Vous habitez Lisbonne? Non, fit Antoine, et cette réponse le surprit lui-même, je vis ici à présent, pensa-t-il, pourquoi ai-je répondu non? il renchérit pourtant, C'est la première fois que je viens à Lisbonne, et cette idée lui donna l'impression d'une illumination, je dois voir Lisbonne autrement, avec un regard neuf, je reviens seul de l'aéroport, c'est la première fois que j'arrive seul à Lisbonne, c'est le début de l'exil, Mais vous n'avez pas de bagages! s'exclama le chauffeur, C'est une histoire compliquée, dit Antoine, Ah bon, dit le chauffeur, Trop compliquée à raconter, ajouta Antoine, puis il se tut.

*

La première fois qu'il était entré dans Lisbonne, il n'était pas avec Clara mais avec Sara.

Quatre ou cinq ans plus tôt, Sara était venue l'accueillir à l'aéroport. Il avait quitté Montréal seul deux semaines plus tôt et avait très hâte de retrouver Clara. Il arrivait de Paris (ou de Madrid? non, Madrid c'était beaucoup plus tard) et avait choisi un vol atterrissant à Lisbonne une demi-heure avant celui de Clara, il ne voulait pas qu'elle se fasse des idées, s'il était arrivé quelques jours avant elle ou même la veille, elle aurait pu s'imaginer qu'il en avait profité pour coucher avec Sara, C'est tellement facile de coucher avec son ex, lui avait-elle d'ailleurs dit un jour alors qu'elle lui posait des questions sur ses sentiments à l'égard de Sara, Elle ne fait plus du tout partie de mes fantasmes, avait répondu Antoine, Vous avez tout de même eu amplement le temps de faire des cochonneries le jour de mon arrivée à Lisbonne, Ça ne m'intéressait pas! dit Antoine, Et elle? demanda encore Clara, Je n'en sais rien, je m'en fous, c'est toi que j'aime, avait-il répondu, Il reste que vous avez eu tout le temps, comme par hasard, conclut Clara. En effet, l'avion de Clara était arrivé avec quatre heures de retard, mais ce n'était tout de même pas sa faute! et d'ailleurs ça l'avait contrarié, Clara lui avait beaucoup manqué durant ces deux semaines qu'il avait passées à Paris.

Quand Sara était arrivée à l'aéroport, elle avait trouvé Antoine seul avec ses bagages et l'avait serré très fort dans ses bras, amoureusement, avait-il pensé, Je suis tellement heureuse de te voir! ça fait quoi? cinq ans? six ans? Il ne savait plus, il n'avait pas envie de compter, il dit, Huit ans, pour l'impressionner, mais il n'en avait aucune idée et il était très triste que l'avion de Clara eût du retard. Sara lui proposa d'aller porter ses bagages chez elle. Il était en effet inutile de rester là encore quatre heures à attendre.

Dans le taxi, ils parlèrent du passé, Tu te souviens quand, ce genre de truc. Sara était française mais avait habité Montréal durant quelques années, c'est là qu'ils s'étaient connus et avaient vécu quelques mois ensemble. Elle faisait des petits boulots ici et là, ils s'étaient rencontrés dans un restaurant où elle travaillait. Dans le taxi vers Lisbonne, elle lui raconta que, quelques mois plus tôt, elle avait failli perdre un œil, Tu ne devrais pas porter de lentilles, c'est très dangereux, avait-elle commencé par dire, j'ai failli devenir aveugle parce que je portais des lentilles, Antoine ne dit rien, Sara continua, Je vais te raconter.

Alors qu'elle était au travail, elle avait ressenti soudain une vive douleur à l'œil gauche. Elle avait aussitôt enlevé ses lentilles mais la douleur persista jusqu'à devenir rapidement insupportable. Elle dit à son supérieur qu'elle devait partir, aller à la clinique, ce dernier rouspéta un peu mais Sara refusa de discuter et appela un taxi qui l'emmena à l'hôpital. Le médecin diagnostiqua d'abord un herpès oculaire et lui préleva des sécrétions en vue d'analyses plus approfondies (une série d'images obscènes surgirent dans l'esprit d'Antoine à propos de cet herpès oculaire). On prescrivit à Sara des gouttes qui ne firent aucun effet et, trois heures plus tard, la douleur s'était encore intensifiée mais les résultats d'analyse avaient permis de diagnostiquer un champignon qui avait probablement proliféré dans son liquide à lentilles cornéennes et était en train de lui ronger la conjonctive. Un ophtalmologue prescrivit cette fois à Sara le bon médicament et la garda à l'hôpital sous observation. Il lui donna son congé le lendemain tout en lui ordonnant de garder les yeux bandés, Ce champignon prolifère grâce à la lumière alors, arrivée chez vous, vous boucherez toutes les fenêtres et vivrez dans le noir complet pendant un mois, c'est essentiel à la guérison, avait prescrit l'ophtalmologue.

[38]

Évidemment, aveugle, Sara pensa qu'elle ne pourrait pas se débrouiller seule. Il lui fallait de l'aide mais elle ne savait pas à qui demander, n'étant en ville que depuis quelques mois. Elle contacta un collègue avec qui elle avait eu une aventure mais il refusa, malgré sa détresse, de lui venir en aide, sans doute pour ne pas rendre jalouse sa nouvelle femme, C'est tellement facile de coucher avec son ex, je comprends, dit Sara, il reste que je n'étais même pas son ex! nous avions eu une amourette, c'est tout, mais ça m'a rendue bien triste qu'il ait aussi peu de considération pour moi. Elle s'était alors tournée vers Manuel, qu'elle connaissait peu à l'époque mais qui avait aussitôt accouru chez elle avec de la nourriture, de grands cartons noirs et du ruban adhésif. Il l'avait d'abord enfermée dans sa chambre, tous stores baissés, afin de boucher les fenêtres avec les cartons, puis lui avait préparé à manger. Ensuite il s'était recroquevillé dans un coin avec une lampe de poche et lui avait fait la lecture.

Sara vécut dans le noir complet pendant un mois. Elle dut apprendre à tout faire en aveugle, ainsi que Manuel qui vint presque tous les jours l'aider et lui tenir compagnie. Ça a dû être un mois horrible, commenta Antoine, et elle, Non, au contraire, ça a été merveilleux, et je me rappelai comment Sara, qui détestait sa vie autant qu'Antoine, en magnifiait ainsi même les pires moments, faisait de son passé des fictions édifiantes.

Elle continua, Je me suis beaucoup rapprochée de Manuel durant cette période, il m'est devenu quelqu'un de très cher, et c'était formidable de vivre dans le noir, de devoir tout réapprendre, je suis sûre que cette expérience a fait de moi une personne meilleure.

Une fois le mois passé, Sara se présenta à l'hôpital, en aveugle, en compagnie de Manuel, et l'ophtalmologue, après avoir regardé son œil, lui dit qu'elle verrait probablement toujours une tache parce que le champignon avait mangé une partie de la conjonctive qui se trouvait exactement devant la pupille. Évidemment, c'était une nouvelle dramatique, dit-elle, tu imagines ce que ça doit être de sentir toujours sa vue entravée, d'avoir constamment dans son champ de vision une tache mate? Oui, j'imagine, répondit Antoine, mais c'est mieux que d'être aveugle. Elle fit comme si elle n'avait pas entendu et continua son histoire, Manuel a décidé de m'emmener au Campo de Santana pour déposer une offrande au pied de la statue de Sousa Martins, c'est un médecin du XIXᵉ siècle qui est devenu une espèce de saint populaire, en fait ce n'est pas un saint mais il est réputé avoir fait des miracles et les gens malades vont porter des offrandes à ses pieds, il existe même une Église dont il est le saint patron ou quelque chose du genre, la Fraternidade Espírita Cristá, La piété naïve des Portugais, c'est quelque chose de très rassurant, sans doute, dit Antoine, et elle,

Ne te moque pas, et de toute façon c'était pour faire plaisir à Manuel, il m'a menée jusqu'au monument, j'avais toujours les yeux bandés et j'ai allumé un lampion, l'ai posé au pied de la statue, puis j'ai prié, eh bien figure-toi que deux semaines plus tard, quand je suis retournée à l'hôpital, la tache avait glissé! je la vois encore un tout petit peu quand je fais un effort, mais elle a glissé presque complètement à l'extérieur de l'axe de la pupille! C'est un miracle! s'est écrié le médecin, et moi j'ai répondu, dit Sara, Oui! c'est un miracle! et elle ajouta, Portugal est une terre de miracles!

*

Antoine ne se rappelait plus en détail ce qu'il avait fait la veille mais bon, il avait bu, c'était sans équivoque, et devait avoir égaré son téléphone quelque part dans Lisbonne, aucune idée où. Il s'envoya trois ibuprofènes, prit une douche. Puis il déjeuna rapidement et partit à la recherche du téléphone.

En sortant de chez lui, il alla au Miradouro da Graça. Dans la cour en pierre devant l'Igreja da Graça, il y a une esplanade où on vend de la bière, du vin, des sandwichs, il y était sans doute passé la veille, il y passait pratiquement tous les jours.

Il commanda un café et demanda au garçon s'il n'avait pas trouvé un petit telemóvel noir. L'employé, après avoir demandé à une collègue, dit, Désolé, personne n'a vu votre téléphone, Merci, dit Antoine, et il pensa à Manuel, Manuel pourra sûrement m'aider, ça lui arrive toujours, il perd toujours son telemóvel, il pourra m'aider. Antoine avait dû à quelques reprises déjà arpenter le Bairro Alto avec Manuel parce que celui-ci avait laissé son téléphone quelque part, Mais pourquoi ne pas composer ton numéro? demandait chaque fois Antoine, et Manuel disait, Ça ne sert à rien, les gens ne répondent jamais. C'est sans doute ce que je devrai faire, pensa Antoine, retourner dans tous les endroits où je suis passé hier. Ses souvenirs de la veille étaient flous mais bon, ils finiraient bien par s'éclaircir, marcher dans la ville l'aidait normalement à mettre de l'ordre dans sa tête.

Il quitta le miradouro et traversa le Largo da Graça. Par acquit de conscience, il s'arrêta tout de même dans une cabine et composa le numéro de son téléphone. Pas de réponse.

En descendant la Travessa das Mónicas, il croisa Ciro, o fantasma da Graça, le fantôme de la Graça, c'est ainsi qu'ils l'appelaient, Clara et lui, depuis déjà quelques années, ils le voyaient presque tous les jours qui vagabondait dans le quartier. Un jour Clara avait dit, C'est dommage qu'il soit aussi sale, il est beau. Il devait avoir une vingtaine d'années. D'après Manuel, il était d'origine capverdienne. C'est également Manuel qui leur avait appris son nom (quand Clara avait parlé du fantasma da Graça, il avait tout de suite compris qu'il s'agissait de Ciro) et aussi qu'une fois de temps en temps des membres de sa famille venaient le chercher et l'emmenaient chez eux, lui faisaient prendre un bain, coupaient ses cheveux et lavaient ses vêtements avant de le renvoyer dans la rue. Pour Ciro, c'était la rue ou l'asile des fous, on le voyait tout de suite, une famille n'y pouvait rien changer. Mais ce jour-là il avait le crâne rasé, c'était vraiment curieux, jamais Antoine ne l'avait vu ainsi, il avait habituellement les cheveux longs, sales et poisseux, cela dit, comme d'habitude il sentait très mauvais et buvait du lait dans un carton. Antoine passa à côté de lui sans le regarder vraiment, comme à côté d'une statue.

Manuel habitait alors Rua da Saudade, chez son amie Susana, au 8, l'une des deux vis qui retenaient la plaque au mur était tombée, le 8 était couché sur le côté, c'est à cause de ce détail qu'Antoine reconnaissait l'immeuble d'une fois à l'autre. Il sonna, la porte s'ouvrit quelques secondes plus tard et il entra. Il faisait tellement noir dans la cage d'escalier (la minuterie ne fonctionnait pas) qu'on aurait pu croire l'endroit inhabité. Antoine monta à tâtons, il ne semblait pas y avoir d'appartements au premier mais, au deuxième, une plaque dorée disait Fraternidade Espírita Cristã, puis rien au troisième. L'appartement de Susana occupait tout le quatrième étage, il y était allé souvent mais n'avait jamais rencontré Susana et je crois qu'il avait plus envie encore de la trouver elle que Manuel, d'ailleurs Manuel lui avait dit qu'il ne serait pas là avant quinze heures et il n'était sûrement pas plus de midi. Lorsqu'il arriva sur le palier, la porte était entr'ouverte mais il n'osa pas entrer. Il cogna. Une jeune femme un peu maigre et brune le regarda à travers l'embrasure, c'était bien elle, il avait vu une photo l'année précédente, Desculpe, dit-il, je suis désolé de vous déranger, je suis Antoine, un ami de Manuel, j'ai besoin de lui parler, il est ici? Non, pas ici, répondit Susana en tirant une bouffée de sa cigarette, mais vous pouvez entrer, il arrivera peut-être, je ne sais pas, et elle tourna les talons, Ne ferme pas la porte! cria-t-elle sans se retourner, si on ferme la porte elle se verrouille automatiquement et je n'ai pas la clé, Manuel l'a prise en partant ce matin, il faut que je fasse réparer la serrure mais j'oublie toujours d'appeler le serrurier et là en plus j'ai perdu mes clés, si on ferme la porte on sera enfermés jusqu'au retour de Manuel.

Elle n'était pas tout à fait comme sur la photo, elle avait les cheveux noirs, relevés en chignon, les traits moins durs et tirés, l'air moins triste. Manuel lui avait dit que Susana était instable et il l'avait cru, à cause de ses yeux sur la photo qui lui rappelaient quelqu'un mais il n'arrivait pas à trouver qui. Or en personne elle

[44]

semblait beaucoup plus vive, joyeuse, elle avait les yeux rieurs, pensa-t-il alors qu'il la suivait dans l'enfilade des pièces de son appartement. Elle était toute petite et portait une jupe très courte, blanche et bleue, elle avait les genoux rouges, comme d'être restée agenouillée longtemps, les fesses rebondies. Voulez-vous quelque chose à boire? demanda-t-elle, on peut se tutoyer, n'est-ce pas? quel est ton nom déjà? désolée, j'ai oublié, quand quelqu'un que je ne connais pas se présente j'oublie toujours d'écouter son nom, c'est un problème parce que les gens qui se présentent et disent leur nom, on ne les connaît jamais, pas vrai? c'est leur nom à eux qu'il faut écouter et se rappeler, d'autant que les gens qu'on connaît ne se présentent pas, bref, ton nom? Antoine, Est-ce que tu veux boire quelque chose, Antoine? je vais voir ce que j'ai, merde! c'est vrai, je n'ai rien, le frigo est vide, j'ai du lait, tu veux du lait? moi je bois beaucoup de lait, ah! tiens, il y a un fond de vin blanc, Excuse-moi Susana, l'interrompit Antoine, est-ce que tu sais quelle heure il est? et Susana, Attends, j'ai l'heure sur mon ordinateur, et elle s'enfonça dans l'appartement, Antoine entendit ses pas s'éloigner puis se rapprocher, Il est onze heures trente, c'est vrai qu'il est un peu tôt pour boire du vin blanc, veux-tu que j'aille acheter de la bière en bas? Non, dit Antoine, ça va, je vais prendre un verre d'eau, Tu as raison, dit Susana, je n'arrive pas à peindre ces temps-ci et quand je ne peins pas je commence à boire beaucoup trop tôt, et on a tendance à l'oublier mais la bière, c'est aussi de l'alcool, et ça peut être mauvais pour la santé, à la longue, oh! mais j'y pense, je pourrais faire du thé, tu aimes le thé? Manuel a acheté du thé, il aime faire du thé glacé, si j'ai des glaçons, je vais faire du thé et après je pourrai faire du thé glacé, tu veux une cigarette? Non, je te remercie, je ne fume pas, Moi j'avais arrêté mais j'ai recommencé, dit-elle en s'allumant une cigarette, à cause de Manuel, il fume sans arrêt, quand il est venu vivre ici il fumait dans sa chambre mais tout de même, ça sentait dans tout l'appartement et un soir nous avons mangé ensemble et je lui ai dit, Bon, Manuel, ne va pas fumer dans ta chambre ou sur le balcon, tu peux fumer ici pour ce soir, et au bout de quelques minutes je lui ai piqué une clope et depuis ce temps j'ai recommencé mais un peu moins qu'avant tout de même, j'étais un peu fâchée contre lui parce qu'il n'a jamais essayé de me dissuader de fumer, Manuel préfère être entouré de fumeurs, ça lui facilite la vie, depuis qu'on ne peut plus fumer dans les restaurants et dans la plupart des bars sa vie s'est immensément compliquée, bon, je mets l'eau à bouillir et je reviens.

Elle se précipita alors vers la cuisine où elle resta quelques instants. Antoine entendit de loin s'entrechoquer des assiettes, des casseroles déboulant dans les armoires puis de nouveau les pas de Susana dans le couloir qui entra bientôt dans le salon, Je n'ai pas de glaçons, dit-elle, et Antoine, Sais-tu à quelle heure Manuel sera de retour? Aucune idée, répondit Susana, en fait il m'a dit qu'il serait rentré avant quinze heures mais avec Manuel on ne sait jamais, pourquoi tu veux le voir? Antoine dit, J'ai perdu mon telemóvel, Manuel perd constamment son telemóvel, répliqua Susana, et Antoine, Je sais, peut-être qu'il va pouvoir m'aider, je l'ai vu hier, je suis venu ici, tu n'aurais pas trouvé un petit telemóvel Vodafone noir? Non, rien trouvé, dit-elle, Tu as un téléphone ici? demanda Antoine, Non, répondit Susana, mais j'ai Internet si tu veux, Non, ça va, pas besoin, je dois parler à Manuel, Je crois que l'eau bout, dit Susana, et elle courut vers la cuisine qui semblait se trouver très loin, au bout d'un trajet compliqué, ses pas s'éloignèrent puis se rapprochèrent, une porte claqua et ils s'éloignèrent de nouveau, il entendit le bruit d'un objet, verre ou tasse, éclatant sur le sol, puis un petit cri de surprise et, quelques secondes plus tard, Susana revint dans le salon avec une théière et deux verres, elle dit, Pour ton telemóvel, il n'y a pas cinquante-six solutions, soit tu appelles à ton numéro en espérant que quelqu'un réponde, soit tu retournes sur les lieux où tu l'as peut-être perdu, J'ai déjà essayé de m'appeler et ça n'a pas marché, dit Antoine, et Susana, Manuel prétend que ça ne marche jamais, Je sais, ça ne t'ennuie pas que je l'attende? Ça ne m'ennuie pas mais tu peux attendre des heures et avec Manuel tu pourrais bien attendre en vain, et d'ailleurs que veux-tu que Manuel te dise de plus? si j'étais toi, je partirais à la recherche du telemóvel, c'est beaucoup plus excitant qu'attendre, non? tiens, voilà du thé, elle le servit et, quand elle se pencha, il put voir ses petits seins, elle ne portait pas de soutien-gorge, pas besoin, pensa-t-il, mais en même temps, malgré l'agrément que lui procurait la poitrine maigre de Susana, il se sentit mal. Après le départ de Clara, la veille, et cette histoire de grossesse avec Serena, les petits seins nus de Susana lui semblèrent totalement incongrus.

Le thé était très chaud, Il fait chaud, dit Susana, et Antoine, Il fait chaud pour boire du thé, Manuel dit que le thé chaud rafraîchit, ce serait même mieux que le thé glacé et de toute façon je n'ai pas de glaçons, répliqua Susana, je vais ouvrir des fenêtres, il ne devrait pas faire chaud comme ça ici, avec toutes ces fenêtres, et elle s'enfuit de nouveau dans son appartement, courant de pièce en pièce. Tout à coup Antoine pensa que, si la porte se refermait brusquement, par exemple sous l'effet d'un courant d'air, il serait enfermé là avec Susana et, aujourd'hui, il ne pouvait se le permettre. Il se leva et se dirigea vers la porte qui était toujours ouverte, au départ il voulait simplement vérifier qu'elle ne s'était pas refermée mais, suivant une impulsion irréfléchie, il sortit sans dire au revoir à Susana. Il descendit les escaliers le plus vite possible mais, dans l'obscurité, c'était tout de même lent. J'inventerai une histoire pour lui expliquer ma fuite la prochaine fois que je la verrai, si jamais je la revois, pensa-t-il, aveuglé par le trop-plein de soleil qui inonda le hall d'entrée lorsqu'il ouvrit la porte qui donnait sur la rue. Avant de sortir, il s'arrêta et écouta quelques secondes, je ne sais pas quoi, un écho de Susana peut-être, dans la cage d'escalier, mais il n'entendit rien et sortit.

3

En rentrant de l'aéroport, après leur bref échange à propos de l'air climatisé et des bagages, le chauffeur ne dit plus rien du trajet. En descendant du taxi devant la Villa Sousa, Antoine pensa que c'était idiot de s'être fait conduire là, il n'avait rien à faire chez lui. Il avait rendez-vous à seize heures avec Costa qui lui avait proposé de l'aider à trouver du travail. En principe il n'y avait pas d'urgence, Rita lui avait dit qu'il pouvait encore habiter là quelques semaines, quelques mois, mais Clara reviendra peut-être si je trouve du travail, pensa Antoine, Clara ne s'est jamais souciée de mon travail avant aujourd'hui, mais aujourd'hui tout a changé, et bien que cette idée n'eût pas vraiment de sens, il se dit qu'il ne devait pas l'oublier, me raccrocher à l'idée que Clara reviendra si j'ai un travail, pensa-t-il, aujourd'hui tout a changé, je dois voir Lisbonne autrement, je reviens seul de l'aéroport, c'est la première fois que j'arrive à Lisbonne pour y vivre, m'y installer, je vais aller voir Manuel, il pourra m'aider.

De tous les gens qu'il connaissait à Lisbonne, Manuel était sans aucun doute le plus débrouillard et le mieux renseigné, il connaissait la ville comme le fond de sa poche, il avait des relations dans tous les cercles, il m'aidera à trouver un logement, peut-être même un travail, se disait Antoine en descendant la Travessa das Mónicas, puis une rue très longue qui change trois ou quatre fois de nom, Rua de São Tomé, Rua do Limoeiro, une autre que j'oublie, puis Rua de Augusto Rosa, cette rue longe la cathédrale, la Sé de Lisboa, et ce jour-là il y avait eu un accident, un taxi s'était encastré dans le mur de la Sé, le devant de la voiture était complètement écrasé. À quelques mètres de là, un vieil homme avec une barbe blanche gueulait, désespéré, il n'avait visiblement pas toute sa tête, le chauffeur du taxi le tenait par le bras et essayait de le calmer, il avait un double menton. Outre les badauds qui s'étaient agglutinés sur les lieux, plusieurs ouvriers en bleu de travail entouraient le vieux qui disait, N'appelez pas la police! je vous en supplie, si vous appelez la police je vais tout perdre! je n'ai rien mais je vais tout perdre! et il montrait du doigt une petite voiture toute déglinguée qui se trouvait un peu plus loin, de l'autre côté de la rue, et sur laquelle s'était effondré un échafaudage devant un immeuble en réfection, et le chauffeur dit, Mais monsieur! vous avez failli tuer trois ou quatre personnes au moins! vous ne pouvez pas partir, la police va arriver, je ne vous laisserai pas partir! et un des types en bleu de travail dit, Vous êtes complètement imbécile! vous rendez-vous compte de ce que vous avez fait? Simão s'est sûrement cassé les pieds en tombant, tout le monde l'a vu, s'il s'était trouvé un niveau plus haut sur l'échafaudage, il serait mort à l'heure qu'il est! il serait allé s'exploser la tête sur les pavés! et vous voulez qu'on vous laisse partir? Vous conduisiez comme un fou! vous puez l'alcool! vous êtes complètement soûl! dit un autre homme qui se trouvait là et qui avait probablement assisté à l'accident. Antoine continua son chemin et passa tout près de l'échafaudage, un type en bleu de travail était couché par terre avec une bouteille de vin, entouré de trois ou quatre autres ouvriers, ce devait être celui qui s'était cassé les pieds, pensa Antoine, il se fraya un chemin à travers les curieux et finit par arriver à la Rua da Saudade.

Au mois d'août, Manuel n'habitait jamais son appartement de la Graça qu'il louait à des touristes, il s'installait alors chez Susana. Antoine était allé souvent chez Susana mais ne l'avait jamais vue, il aurait aimé la rencontrer, sans trop savoir pourquoi. Elle était peintre, comme l'avaient été avant elle sa mère, morte très jeune, et sa grand-mère qui avait légué à Susana son immense appartement, un lieu magnifique bien qu'un peu décati, Rua da Saudade.

Antoine, comme chaque fois qu'il allait chez Susana, faillit se casser la gueule dans l'escalier, il y faisait toujours très noir. On avait récemment arraché des murs tous les azulejos, j'ai l'impression de monter dans une cave, pensa-t-il. Il frappa enfin chez Susana, Manuel ouvrit et eut l'air très surpris de le voir, il savait que Clara et lui devaient partir ce matin-là, Antoine ne lui avait rien dit de sa décision de rester. Visiblement très heureux, Manuel dit, Mais qu'est-ce que tu fais là? et il l'embrassa, J'ai décidé de rester, je vais vivre ici, répondit Antoine, Manuel s'exclama, Quelle bonne nouvelle! mais où est Clara? Elle ne pouvait pas rester, dit Antoine, Mais elle revient quand? questionna de nouveau Manuel, et Antoine, Je ne sais pas, elle ne sait pas, en fait elle ne reviendra peut-être pas, puis Manuel, Et toi tu restes jusqu'à quand? Moi je reste ici pour toujours, répondit Antoine, et peut-être que Clara ne reviendra pas, peut-être que je ne reverrai jamais Clara. Manuel posa la main sur son front et dit, Je ne comprends pas, mais qu'est-ce que c'est que cette histoire? Il n'y a pas d'histoire, dit Antoine, Je ne comprends pas, il y a forcément une histoire! s'énerva Manuel, elle n'est pas partie comme ça, tout de même! pourquoi est-elle partie? Parce qu'elle ne voulait pas rester, répondit Antoine, et Manuel, Bon, explique-

moi, tu devais rentrer avec elle et tu es resté, pourquoi ?
Parce que je veux vivre ici, Même sans elle ? Je ne sais
pas, répondit Antoine, je pensais qu'elle voudrait rester, que si je rentrais, elle ne me laisserait jamais revenir ici, que ce serait la fin. Manuel resta silencieux
quelques secondes. Entre, dit-il enfin.

C'était un très grand appartement d'au moins sept
ou huit pièces avec de longs corridors dont Antoine
n'avait jamais compris la disposition, on s'y perdait.
Dans l'atelier de Susana il y avait un portrait de sa
mère à dix ou onze ans peint par Christo, sur tous les
murs des tableaux de peintres portugais disposés plus
ou moins n'importe comment et dont Manuel, un jour,
avait fait la liste à Antoine mais celui-ci n'en connaissait aucun, sauf Christo qui emballe des immeubles
et n'est même pas portugais. Il y avait aussi des toiles
et des dessins de Susana, de la mère, de la grand-
mère, d'un oncle aussi, je crois, en désordre, Susana
est une personne assez instable, avait dit Manuel.
Quand Antoine était venu pour la première fois dans
cet appartement, il avait dit à Clara, Je pourrais vivre
ici, Moi aussi, avait-elle aussitôt ajouté sans y penser
vraiment, j'imagine, puisqu'en fin de compte elle ne
voulait pas vivre ici, ni dans le minuscule appartement
de Rita ni dans l'immense appartement de Susana
ni nulle part à Lisbonne ou ailleurs au Portugal. Ce
jour-là, Clara et Antoine avaient pris un verre avec

Manuel avant d'aller manger, Susana n'était pas là, Susana n'était jamais là, en fait je n'ai jamais rencontré Susana, voilà la vérité, j'ai vu une photo d'elle dans son atelier à côté d'autres photos de sa mère morte qui lui ressemblait beaucoup et j'ai inventé tout le reste. Sur le portrait de Christo, la ressemblance, malgré le tout jeune âge de la mère, était stupéfiante, j'étais certain en fait que la toile représentait Susana, avant de voir sa photo, je croyais que Susana avait le même âge que Manuel (une cinquantaine d'années) alors qu'elle avait à peine trente ans. C'est Manuel qui nous avait fait, à Clara et moi, la généalogie de la famille, raconté notamment que le grand-père de Susana était mort en 1945 à Tarrafal, un camp de concentration du Cap-Vert où on envoyait les opposants au régime de Salazar, Noyé, avait précisé Manuel. Un jour, au début des années cinquante, un homme, on n'a jamais su s'il avait été garde ou prisonnier du camp, mais bon, cet homme était venu voir la grand-mère de Susana, lui avait annoncé la mort de son mari et avait raconté les tortures qu'il avait subies là-bas, Quel genre de tortures? avait alors demandé Antoine à Manuel, Je ne sais pas, avait répondu ce dernier, j'ai entendu plein de trucs à propos des camps du Cap-Vert mais Susana ne m'a pas dit ce qu'avait subi son grand-père, seulement qu'il avait été torturé. Manuel raconta tout de même que les policiers empêchaient les prisonniers de dormir pendant cinq ou six jours, les tabassaient quand ils s'endormaient, ce genre de chose, On appelait ça la torture du sommeil, expliqua-t-il, c'est bizarre, n'est-ce pas? parce qu'au fond, la torture, c'était de ne pas dormir.

Manuel s'assit sur un sofa dans le salon, alluma une cigarette, Et Clara, elle n'est pas triste? demanda-t-il, Peut-être, sans doute, mais elle a décidé de partir, dit Antoine, moi je voulais qu'elle reste, Écoute, dit Manuel, tu fais tes bagages et tu vas la rejoindre tout de suite, Non! dit Antoine, ce n'est pas possible, Mais tu es complètement idiot! tu feras quoi ici? tout est bouché, tu seras pauvre, tu auras une vie de misère, tu feras des boulots merdiques d'immigrant, tu vivras dans un trou à rats plein de vermine, de punaises, de puces, tu ne pourras jamais aller voir Clara et elle ne voudra plus venir te voir, elle ne voudra plus de toi parce que tu seras devenu une espèce de paria! Antoine dit, Tant pis, je reste. Il savait que Manuel aimait beaucoup Clara, en fait il avait souvent eu l'impression que sa sympathie allait toute à Clara, que sans Clara Manuel n'aurait rien voulu savoir de moi, j'étais là avec elle, c'est tout. Bon, tu fais quoi maintenant? finit par demander Manuel, Je vais essayer de trouver du travail et un appartement, répondit Antoine, comme ça si Clara veut revenir, Non non non, ce n'est pas ça, l'interrompit Manuel, je veux dire maintenant, tu as déjeuné? je dois aller déjeuner, tu viens avec moi? Manuel avait appris le français en France alors il disait déjeuner pour dîner et dîner pour souper, etc., je dis, Tu veux déjeuner? (almoçar, en portugais, est sans équivoque, et bon, dans cette conversation il y eut des bouts en portugais et d'autres en français, cette histoire de déjeuner devait être en français pour créer ce genre de confusion), Queres almoçar? demandai-je, Oui, j'ai envie de marisco, il y a un petit resto sur l'Avenida Almirante Reis qui fait un excellent riz aux fruits de mer, si tu veux, je t'invite, il faut toujours inviter les immigrants, dit Manuel. Ça avait l'air d'une blague mais il ne riait pas du tout. Antoine accepta. Il avait rendez-vous avec Costa à seize heures, il regarda l'heure sur son telemóvel, il était treize heures quinze, il avait le temps.

*

Il n'avait pas fait trois pas dans la Rua da Saudade qu'il entendit crier une femme, Fónix, és mesmo desaseitado! il ne comprit pas sur le coup d'où venait cette voix, Estou aqui em cima, en haut! tu m'as enfermée dans l'appartement, connard! Susana sur son balcon courait de long en large, il avait dû refermer la porte de son appartement par inadvertance, Je suis désolé, lui cria-t-il de la rue, j'ai oublié la porte, Tu es vraiment con! c'est quoi ton nom déjà? Antoine, Tu vas devoir m'aider à sortir d'ici, Antoine, Qu'est-ce que je peux faire? Elle se ruait d'un bout à l'autre de la varanda qui courait sur la moitié de la façade délabrée de la maison, se penchait par-dessus la balustrade et gesticulait, furieuse, Antoine crut même à un moment qu'elle allait tomber, il ne comprenait pas tout ce qu'elle disait et même un observateur extérieur et lusophone n'aurait sans doute pas su dire à qui exactement elle s'adressait, mais Antoine discerna clairement dans son charabia les mots claustrofóbica, imbecil, et aussi le nom de Manuel. Une vieille dame sortit étendre du linge sur le balcon de la maison d'en face, des fenêtres s'ouvrirent, d'autres vieilles s'installèrent, attirées sans doute par le bruit, Susana était en train de causer tout un émoi dans la Rua da Saudade. Vous voulez que j'appelle les pompiers? demanda la femme qui continuait d'étendre son linge très lentement, Pas besoin, répondit Susana, cet imbécile va m'aider, toutes les vieilles de la rue étaient à leurs fenêtres, silencieuses, spectrales. Susana expliqua à Antoine ainsi qu'à l'assemblée des vieillardes, Tu vas aller au deuxième étage, à Fraternidade Espírita Cristã, ils font les concierges, tu leur demanderas la clé pour me sortir d'ici, Pourquoi tu ne me lances pas la clé du balcon? demanda Antoine, Je ne l'ai pas, la clé, imbécile! tu ne comprends rien ou quoi? j'ai perdu mes clés, tu m'as enfermée ici, tu te souviens? La contre-plongée sous la mini-jupe de Susana le déconcentrait, mais bon, comme elle était au quatrième étage, il dut imaginer l'essentiel, Susana continuait, Alors tu vas chez les culs-bénits et tu fermes ta gueule! On entendit sur les balcons de petits cris de stupeur et d'indignation. Susana était enragée, pourtant ce n'était pas trop son genre, je veux dire, quand on rencontre quelqu'un pour la première fois et qu'elle se comporte de cette manière, on se dit que c'est une peau de vache, c'est ce que pensa Antoine d'ailleurs, mais c'était dû à un concours de circonstances, en réalité Susana était une fille plutôt douce, joyeuse aussi.

Malgré la scène du balcon et la légère irritation que lui causèrent les insultes publiques de Susana, Antoine devait bien admettre que tout ce qui était arrivé était entièrement sa faute, et il se résigna à aller sonner chez les culs-bénits. Il entra de nouveau dans le hall et monta les marches à l'aveuglette jusqu'au deuxième où il vit luire dans l'obscurité la plaque de la Fraternidade Espírita Cristã. Il sonna mais on ne répondit pas. Au bout de trente ou quarante secondes, il sonna de nouveau, et une autre fois un peu plus tard, il s'apprêtait à tourner les talons lorsqu'une toute petite dame avec des cheveux blancs et des lunettes en fonds de bouteille qui lui faisaient des yeux minuscules apparut dans l'entrebâillement de la porte, Olá, quem é? demanda-t-elle en regardant à côté de lui comme s'il n'avait pas été là et qu'elle questionnait l'obscurité, elle parlait très fort, et lui, Je suis un ami de Susana, la voisine du dessus, elle s'est enfermée chez elle et, Il faudra bien tôt ou tard qu'elle se décide à faire réparer cette serrure! l'interrompit la dame, Oui, c'est dans ses plans à très court terme, expliqua Antoine, mais pour l'instant elle m'a demandé si vous ne pourriez pas me prêter la clé de son appartement, Et pourquoi cela? demanda la vieille, Je ne sais pas, dit Antoine, elle m'a demandé de l'aider à sortir de chez elle et il lui faut la clé, c'est tout, je ne sais rien d'autre, Moi je sais tout! l'interrompit de nouveau la vieille, vous croyez que c'est la première fois que ça arrive? qu'un monsieur vienne cogner ici et dérange notre directeur dans son travail? ça arrive sans arrêt! cria-t-elle, sans arrêt! vous m'entendez? Oui, répondit Antoine, Des comme vous il en vient des dizaines chaque semaine! continua la vieille, c'est elle encore qui hurlait du balcon tout à l'heure? c'était bien son genre de langage en tout cas, trois générations de gueulardes qui habitent là depuis toujours! cria-t-elle encore, c'est une église ici, monsieur! un lieu de recueillement, nous avons besoin de calme! il y a des gens qui travaillent, des gens qui prient! et elle, elle hurle de son balcon, réveille toute la rue et empêche monsieur le directeur de travailler, parce qu'elle fait ça la nuit comme le jour, monsieur! on n'est pas dans la Mouraria ici! ce n'est pas un quartier de nègres ici!

et en passant, vous lui direz qu'il serait temps qu'elle cire les marches de son escalier, à quoi ça ressemble? regardez comme c'est sale! mais Antoine ne voyait pas grand-chose, il faisait trop noir, il dit, Je ne sais pas, madame, Susana doit sortir de chez elle et elle m'a demandé de l'aider, pouvez-vous me prêter cette clé s'il vous plaît? je vous la rapporterai aussitôt que, Entrez et attendez-moi, l'interrompit-elle, je dois retrouver la clé, mais restez là dans le hall et ne bougez pas! il ne faut pas déranger monsieur le directeur, et d'ailleurs je ne vous connais pas, vous pourriez bien être un bandit, vous êtes brésilien? Non, répondit Antoine en entrant dans le hall de la Fraternidade Espírita Cristã, je ne suis pas brésilien, je vous attends ici, Je reviens, restez tranquille, lui dit finalement la petite vieille en pointant son doigt vers les yeux d'Antoine, puis elle s'enfonça dans le couloir.

Antoine s'assit sur un petit banc de bois dans un coin. Ça sentait mauvais, un chou-fleur qui cuisait ou une cuvette qui débordait, c'était difficile à dire, une odeur d'humidité aussi. Les murs étaient couverts de carreaux neufs, industriels sans doute, il y avait par terre des piles de vieux azulejos, peut-être ceux qui avaient été arrachés des murs de la cage d'escalier, pensa Antoine, ou alors ceux qui se trouvaient ici avant, dans ce hall où il s'était assis pour attendre la petite vieille qui prenait bien son temps, il y avait déjà plusieurs minutes qu'il était là, Susana devait être en furie.

La dame finit par revenir, ce n'est qu'à ce moment qu'Antoine remarqua qu'elle marchait très lentement, elle portait au pied gauche une grosse bottine qu'elle traînait comme un boulet. Voilà la clé! dit la vieille, elle tendait devant elle les bras comme une aveugle, la clé de l'appartement de Susana pendait au bout de son index droit, Mais vous me la rapportez dès que vous aurez ouvert, je vous fais confiance, vous m'avez l'air d'un monsieur respectable, et elle lui tendit la clé. Dès qu'il l'eût prise, elle le regarda dans les yeux, ou du moins c'est ce que crut Antoine, à cause de sa myopie, il était impossible de savoir ce qu'elle regardait exacte-ment, elle brandit son index à cinq centimètres du nez d'Antoine et cria, Pas de bêtise! Ne vous inquiétez pas, tenta de la rassurer Antoine, je vous rapporte la clé aussitôt que possible, Vous venez d'où si vous n'êtes pas brésilien? lui demanda-t-elle alors qu'il franchissait le pas de la porte, Je suis d'ici, je suis de Lisbonne, Vous n'avez pas un accent d'ici, Je reviens tout de suite, dit Antoine, et il sortit.

Il monta à tâtons l'escalier, entre les paliers du troi-sième et du quatrième, on n'y voyait absolument rien, il posa une main sur le mur écorché pour se guider, puis il arriva enfin à la porte de Susana et cogna, elle cria, Je ne peux pas t'ouvrir, idiot! c'est toi qui as la clé! Ah c'est vrai! pardon! et il ouvrit, Susana l'attendait dans l'entrée de son appartement, assise par terre, les coudes sur les genoux, Ben dis donc, tu y a mis le temps! Elle se leva et, alors qu'il allait entrer de nouveau chez elle, Tu n'entres pas, nous sortons, dit-elle, Pourquoi? Parce que je n'ai aucunement envie de me retrouver enfermée de nouveau, On ne peut pas s'enfermer, on a la clé! l'interrompit Antoine, Mais je m'en fous qu'on ait la clé! reprit Susana, cette serrure est totalement imprévisible! on ne sait jamais ce qui peut arriver, et d'ailleurs tu m'as complètement angoissée en m'enfermant ici, j'ai besoin d'air! Elle poussa Antoine sur le palier et sortit à son tour, faisant claquer la porte derrière elle, elle n'avait même pas pris de sac. Alors qu'ils descendaient lentement dans l'obscurité de la cage d'escalier, Susana dit, Tu vas voir, on va le retrouver ce telemóvel.

*

Manuel et Antoine sortirent de chez Susana et descendirent la rue qui longe la Sé en changeant constamment de nom, puis la Rua da Mouraria jusqu'à la Praça Martim Moniz sur laquelle débouche l'Avenida Almirante Reis. Ils passèrent alors devant la fontaine tarie des Agoas Livres où, comme toujours, des clochards buvaient, adossés au monument. Je ne sais plus quelle heure il était lorsqu'ils arrivèrent au Restaurante de Paris, j'ai écrit plus tôt qu'ils avaient quitté l'appartement de Susana vers treize heures quinze mais comme c'était pour le dîner, si ça se trouve c'était le soir, je me rappelle un soir où j'ai mangé des fruits de mer (le jour du départ de Clara ? ou le lendemain ?) et aussi un jour, il faisait très chaud, le soleil tapait fort, un jour où j'ai marché dans le Bairro dos Anjos, sur l'Avenida Almirante Reis, et suis passé devant la fontaine aux clochards. Entre, dit Manuel en ouvrant la porte du restaurant, on va parler, d'habitude tu parles tout le temps et aujourd'hui tu ne dis rien, J'avais plein de trucs à te demander, dit Antoine, mais, je ne sais pas, Entre et assieds-toi, dit Manuel, on va parler.

Il n'y avait pas beaucoup de monde, une vingtaine de clients peut-être, qui parlaient fort, c'était un lieu comme ça. Manuel choisit une table un peu en retrait et commanda deux plats de riz aux fruits de mer et une bouteille de blanc, J'ai vraiment envie de manger leur arroz de marisco, dit-il, le crabe ici est excellent, tu connais l'histoire de ce crabe hawaiien, je te l'ai déjà raconté ? Je ne crois pas, dit Antoine, C'est assez comique, enchaîna Manuel avec enthousiasme, à Hawaii, quand on pêche les crabes de cette espèce, on les met dans un seau et on peut les laisser là pendant des heures, aller se promener, faire du surf tout l'après-midi sans surveiller le seau parce que, dès qu'un crabe essaie d'en sortir, un de ses congénères l'empêche de s'évader en le tirant par une patte, c'est drôle n'est-ce pas? mais Manuel ne riait pas, il ajouta, C'est très portugais, une fable, prends ça comme une fable, insista-t-il, puis, Aristote a dit que les poissons sont les seuls entre tous les animaux qui ne peuvent être dominés ou domestiqués, je ne sais pas pour les crabes mais je n'ai jamais entendu parler d'un crabe apprivoisé, ça n'existe pas, et de toute façon, comme ils se tyrannisent entre eux, qu'ils se refusent les uns aux autres la liberté, pas besoin de s'en mêler, ça servirait à quoi? Manuel prit une gorgée de vin, Tu sais que ce sont les Portugais qui ont exporté le ukulélé à Hawaii? ici ça s'appelle un cavaquinho, mais les Hawaiiens n'en ont changé que le nom, peut-être un peu la manière de jouer, les mélodies, tout ça, mais ce sont des changements de façade, un cavaquinho restera toujours un cavaquinho, ici ou au Cabo Verde ou à Hawaii, et c'est vraiment un instrument terrible, un son horrible, le cavaquinho n'a vraiment rien d'enthousiasmant, on va à l'autre bout du monde et on pense que les choses changent mais non, malgré les apparences, les choses horribles restent horribles, surtout ici, surtout au Portugal où rien n'a changé depuis des siècles, depuis que nous avons chassé les Maures au XIIe siècle, en 1974, après la Révolution des Œillets, on pensait que tout changerait, mais non! les communistes ont pris le pouvoir mais ça n'a rien changé, et quand il y a eu l'Expo universelle en 1998, tout le monde ici pensait que le Portugal vivrait enfin le miracle économique, comme l'Espagne, mais non, et en 2004 les Grecs nous ont battus en finale de l'Euro, on pourrait multiplier les exemples, c'est toujours la même chose ici, tu sais ce qu'a dit Salazar? il a dit, Les gens changent rarement, les Portugais, jamais! et il rit, puis, Si tu aimes quand les choses changent, ce n'est sûrement pas un pays pour toi, surtout sans Clara, je suis très heureux de t'inviter, la vie est dure ici, en vacances évidemment, avec un salaire nord-américain, c'est le paradis, mais avec un salaire portugais, il faut être débrouillard, je ne crois pas que tu pourras gagner ta vie facilement ici, Sara a travaillé quelque temps dans des restos parce qu'elle en avait marre de l'Ambassade de France mais elle n'arrivait pas à joindre les deux bouts, elle devait faire des tas de petits boulots pour survivre et en fin de compte, tu vois ce qui est arrivé, elle est retournée à l'Ambassade de France, les restos seulement, les petits boulots, ça ne suffisait pas, on se plaît à galérer un an ou deux, ça rappelle les années d'étudiant, on se sent rajeunir mais ça finit par faire son temps, si tu avais une formation en commerce, peut-être, ce serait plus facile, avec le commerce et l'anglais on gagne sa vie n'importe où, pas vrai? mais bon, en même temps, est-ce qu'il faut vraiment s'abaisser à ça? à la vente? à la vente au détail ou en gros, à la spéculation, à l'import-export, ce genre de choses dégoûtantes? et avec les petits boulots, tu sais, de serveur, commis-vendeur, plâtrier, c'est pratiquement impossible de bien vivre, on se crève à la tâche et on crève de faim ou alors on habite un lieu sordide et parfois même on crève de faim et on habite un lieu sordide, Tu veux me décourager de rester? demanda Antoine, Tu ferais mieux de repartir, dit Manuel, Je ne partirai pas, dit Antoine, Je sors fumer, dit Manuel.

Antoine resta là quelques minutes à l'attendre en regardant les gens marcher sur l'avenue Almirante Reis. Le Restaurante de Paris était un lieu un peu laid, c'était tout neuf mais ça n'avait rien d'attrayant, il y avait des azulejos industriels sur les murs et des miroirs qui donnaient l'impression que c'était très grand mais ce ne l'était pas, ça n'avait d'ailleurs absolument rien de parisien, pas la moindre petite allusion ni dans la décoration ni dans le menu, mais bon, de Paris, on dit ça comme ça, c'est comme cinéma de Paris, ça ne veut rien dire, même à Paris ça ne veut très souvent rien dire. Le miroir derrière Manuel était un peu gondolé, déformait les visages, le moindre sourire y devenait une grimace, bref une atmosphère à se demander ce qu'on foutait là.

Quand Manuel rentra, quelqu'un cria du fond de la salle, Manuel! Manuel! Manuelinho! C'était un type ventru d'une soixantaine d'années à l'air fatigué, avec une moustache et de grosses lunettes, il était attablé au fond du resto et parlait au telemóvel. Au début Antoine crut que le type criait Manuel! au téléphone, à quelqu'un au téléphone, mais après l'avoir reconnu Manuel eut une moue de dégoût et se dirigea vers lui.

À son retour, il dit, C'est un vieil ami, en fait il a été pendant une dizaine d'années le mari d'une très bonne amie à moi, Rosa, ils ont divorcé il y a deux ans et il en est resté très amer, très affligé, ça faisait longtemps que je ne l'avais pas vu, au moins un an, peut-être même un an et demi, d'ailleurs la dernière fois c'était ici, il pleurait, il disait que Rosa lui manquait infiniment, je me souviens de ses paroles, Je ne peux vivre sans elle, elle me manque infiniment, je suis au désespoir, quelque chose comme ça, bref il pleurait et là, aujourd'hui, il s'est mis à me faire des reproches, que je ne l'appelle jamais, que je l'évite, le rejette, il m'a dit, Tu m'as échangé contre cette putc! c'est une drôle d'expression n'est-ce pas? je n'ai échangé personne! mais bon, il était le mari de mon amie, pas mon ami, en tout cas pas autant mon ami qu'elle, il n'était mon ami que parce qu'elle était mon amie et lui, son mari, il s'est peut-être illusionné sur notre relation mais surtout sur la relation qu'il avait avec sa femme, il m'énerve mais je ne dirai rien, ce serait idiot de me fâcher avec lui, je vais l'éviter à l'avenir, évidemment, mais ça ne servirait à rien de me fâcher, ce serait idiot, autant ne rien dire, autant la fermer.

Faz favor, dit alors le serveur qui arrivait avec les plats. C'était un grand maigre, il portait un pantalon noir et une chemise blanche, tous les serveurs portugais portent un pantalon noir et une chemise blanche, il avait les joues creuses et le teint cireux, les yeux cernés, il doit boire, pensa Antoine. Ah! voilà voilà, s'écria Manuel, tu verras, c'est un petit resto de rien mais leur arroz de marisco est toujours excellent, surtout le crabe, à ta santé! Ils trinquèrent et commencèrent à manger, c'était effectivement très bon.

Au bout de quelques instants, Manuel dit, Tu sais le tout petit arbre qu'il y avait au Miradouro da Graça? c'était mon arbre préféré et, quand ils ont fait les travaux avant de renommer l'endroit Miradouro de Sofia de Mello Breyner Andresen, quel nom interminable, tu ne trouves pas? je l'ai connue d'ailleurs, Sofia, une femme délicieuse, mais bon, quand ils ont fait les travaux au miradouro, ils ont coupé le petit arbre sous prétexte qu'il avait du mal à pousser mais c'était normal! ce type d'arbre, je ne me souviens plus de son nom, ce type d'arbre, continua Manuel, pousse très lentement sous nos climats, or même petit c'était un très bel arbre, bon, tout ça pour dire que ce genre de bêtise arrive tout le temps ici, c'est un cas typique de paysagement à la portugaise, et à ce moment on entendit le type au fond du restaurant crier dans son telemóvel, Nunca disse isso! je n'ai jamais dit ça! ne déforme pas tout! tu déformes toujours tout! Je le voyais qui criait dans le miroir et Manuel, Je te parie que c'est avec Rosa qu'il s'engueule, elle dit qu'il la harcèle au téléphone, mais pour en revenir à l'arbre, tu dois savoir que dans ce domaine, dans la construction, la rénovation, le paysagement, la voirie, les Portugais sont aujourd'hui d'une bêtise abyssale, alors que nous avons fait par le passé des choses extraordinaires dans tous ces domaines, regarde le Mosteiro dos Jerónimos, la tour de Belém, la Baixa de Lisboa, de nos jours, ces gens qui ne pensent qu'à l'argent sont en train de tout détruire, par insouciance, par cupidité, c'est déplorable, et donc ils ont coupé le petit arbre! c'est d'une tristesse! je ne sais plus pourquoi j'ai pensé à ça, ah oui! à cause de Mário, l'ex-mari de Rosa au fond là-bas, non non ne te retourne pas! ce serait assez pour qu'il vienne nous parler, mais bon, à propos de Mário, ce que je voulais dire, c'est qu'il y a des gens pour qui le pire, c'est la solitude, d'ailleurs regarde-le, non non ne te retourne pas! regarde dans le miroir derrière moi, subrepticement, tu vois? il est un peu ridicule, non? seul avec son telemóvel, la solitude c'est bien si tu es un mystique, dans ce cas tu peux avoir des idées merveilleuses sur Dieu, les anges, tout ça, mais lui, il s'enfonce dans ses idées noires, je ne l'avais jamais

imaginé ainsi avant aujourd'hui, non, pas avant aujour-
d'hui, en fait je me suis rendu compte aujourd'hui
qu'il était comme ça, ou peut-être la dernière fois que
je l'ai vu avant aujourd'hui, l'an dernier, il me semble
que c'était au printemps, mais même alors je n'avais
pas imaginé qu'il puisse tomber aussi bas, regarde-le,
pathétique, c'est bon n'est-ce pas? Oui, très bon,
répondit Antoine, Le crabe est excellent! dit Manuel,
mais lui il faut qu'il passe à autre chose, qu'il oublie
Rosa, Rosa est une femme extraordinaire, une grande
actrice, une femme d'une beauté exceptionnelle, elle
ressemble à Anita Ekberg, une poitrine spectaculaire,
mais geindre ainsi à cause d'une femme, si merveilleuse soit-elle, à quoi ça ressemble? à quoi ça le
mène? quand la vie continue et qu'on survit, c'est bon,
Antoine ne comprit pas exactement ce que Manuel
voulait dire mais celui-ci poursuivait, L'enfer, c'est la
vie immobile, et avec la saudade vient une certaine
complaisance, Mário se pavane avec sa souffrance,
quand on se complaît dans la nostalgie de ce qu'on a
perdu, on n'avance pas, c'est l'enfer, moi je te le dis, le
mieux avec les crabes, c'est de les manger, ces crabes
hawaiiens dont je te parlais sont à la fois délicieux et
très mal connus, et il y a un type ici qui fait sur eux
toutes sortes d'études et de recherches, on dit que ce
sont des crabes hawaiiens mais il y en a partout sur les
plages portugaises, bref ce type a voulu en garder en

captivité à l'aquarium de Lisbonne, il y a des années qu'il les observe et il n'arrive toujours pas à expliquer ce comportement dans le seau, alors ça a servi à quoi? moi je dis, autant les manger, on a essayé de recréer leur environnement original hawaiien pour comprendre, alors qu'ils vivent très bien ici, au Portugal, ils se reproduisent et prospèrent, mais non! rien de trop beau! il fallait recréer leur environnement original, dès le départ je trouvais ça complètement farfelu et maintenant que toute cette entreprise d'observation des crabes est un échec, eh bien voilà, j'avais raison, c'est tout, mais je n'ai pas de mérite, c'était facile à voir venir, les zoos, les aquariums, de manière générale, c'est idiot, Clara aime beaucoup les zoos, l'interrompit Antoine, et quelque peu irrité Manuel reprit, Mais je ne te parle pas du tout de Clara! ça n'a pas d'importance! je dis que de manière générale c'est idiot, pornographique même! à quoi ça sert d'observer les animaux? ils sont en captivité, ça ne donne rien! ne me parle pas de science! tout est faussé d'avance dans les zoos, c'est une grande supercherie! on a inventé les zoos pour divertir les masses, c'est comme le futebol, ne me parle pas de grands idéaux, ne me parle pas de noblesse et d'honneur, d'esprit sportif ou de santé publique! ce n'est que du divertissement, que du fric et de la diversion! on ne prend même pas le temps d'observer les gens qui nous entourent, d'essayer de les comprendre, et on se promène au zoo! on admire les prouesses de Cristiano Ronaldo, on connaît tout de sa vie privée mais on ne connaît rien de ses propres voisins, on ne comprend toujours rien aux humains! moi en tout cas je n'y comprends rien, je te raconte tout ça, je ne sais plus trop où je voulais en venir mais le mieux, avec les crabes, comme je disais, c'est encore de les manger parce qu'on sait qu'ils sont bons, on ne sait véritablement que cela d'ailleurs et je ne vois pas à quoi ça nous avancerait de connaître leurs pensées, alors autant leur foutre la paix, d'ailleurs ils survivent très bien ici, il y en a partout, probablement plus qu'à Hawaii, ça ne sert à rien de les enfermer pour comprendre comment ils survivent en captivité s'ils survivent en liberté! tu savais qu'il y a des animaux qui ne survivent qu'en captivité? c'est quand même incroyable! ça me rappelle une autre histoire, tu dois la connaître puisque c'est Clara qui me l'a racontée, elle me disait qu'au musée d'un parc national du Québec où il y a des fouilles archéologiques, ils étudient des fossiles de poissons, j'aime bien les fossiles, c'est fascinant que la nature cherche ainsi à s'inscrire dans l'éternité, c'est quelque chose que je ne comprends pas, ce genre de volonté, mais bon, Clara me racontait qu'ils gardent là en captivité deux ou trois spécimens d'un cousin très proche du premier poisson qui a décidé de vivre sur terre, un genre de cœlacanthe, je crois, il a des branchies et aussi des poumons, donc il peut respirer hors de l'eau, plus longtemps que les autres poissons en tout cas, tu la connais cette histoire? Je ne crois pas, répondit Antoine, Tant mieux, reprit Manuel, de toute façon je te l'aurais racontée quand même, alors voilà qu'un jour, avant de partir pour la fin de semaine, un employé a mal posé le couvercle sur l'aquarium et un des poissons a sauté hors de l'eau et a échoué sur le plancher où l'employé l'a retrouvé le lundi matin, et il était toujours vivant! il respirait! alors très vite l'employé l'a remis dans l'eau pour le sauver mais le poisson n'a pas eu le temps d'adapter son mode respiratoire à ce brusque changement d'environnement et il est mort! il s'est noyé! c'est quand même incroyable! un poisson qui se noie! tu ne trouves pas? et voilà, ce que je veux dire, c'est qu'à la base, ce pauvre poisson, si on l'avait laissé tranquille là où il était, dans l'océan Indien ou dans l'océan Atlantique ou dans n'importe quel océan, on s'en fout, tant que c'était ce qu'il lui fallait, bref si on l'avait laissé tranquille il ne serait pas mort! en fait il serait sûrement mort mais pas par asphyxie! pas par noyade! pas à cause de la négligence d'un employé de musée! pour forcer un poisson à se noyer, il faut tout de même une dose effrayante de mauvaise volonté, tu ne crois pas? tous ces crabes, ces poissons auxquels on ne comprend rien, on prétend les aider, on leur invente des endroits où vivre mais on finit par les tuer, on

[75]

imagine à leur sujet des histoires, comme le père Vieira qui inventait des poissons fabuleux pour faire la leçon à ses ouailles, oh merde! s'interrompit subitement Manuel.

Antoine vit alors dans le miroir la silhouette enflée de Mário qui se dirigeait vers eux. Il se planta devant leur table et se mit à parler une espèce de français boiteux, Manuel devait lui avoir dit qu'Antoine parlait français, Je suis un ami grand du monsieur Manuel, beaucoup de plaisir, dit-il en serrant la main d'Antoine, puis il s'assit avec eux et se mit à parler très rapidement en portugais, Tu ne peux pas abandonner tes amis ainsi, Manuel, j'ai toujours été ton ami proche, nous avons été intimes pendant dix ans et maintenant, à cause de cette pute, je ne te vois plus, tu sais pourtant que je suis toujours ici, pratiquement sept jours sur sept, Mais je suis là maintenant, dit Manuel, en venant ici je savais que je te verrais, je ne te fuis pas, tu le vois bien, Mais ce n'est pas suffisant, Manuelinho, les amis ne se voient pas comme ça, par hasard au resto, les amis se donnent des rendez-vous et ils passent du temps ensemble! ils se consacrent l'un à l'autre! se tomber dessus au resto une fois par année ne suffit pas, Manuel, et en plus tu n'es pas seul, tu es avec quelqu'un, dit Mário, il passa au français et dit très fort à Antoine, N'offousquez pas, monsieur! puis revint au portugais, Ce n'est pas pareil si tu es avec quelqu'un, Manuel, mais dis-moi, tu vois encore cette pute, n'est-ce pas ? c'est à cause d'elle que tu te fais si rare ? ce n'est pas bien ! tu l'as choisie à mon détriment et elle ne cesse de parler dans mon dos, j'en suis certain, cette garce me déteste ! et toi tu me rejettes, Manuel, je suis sûr que tu la vois beaucoup plus souvent que moi, et Manuel dit, Mário Mário Mário, calme-toi, ça n'a rien à voir et tu devrais cesser de penser à Rosa, tu devrais essayer de rencontrer d'autres femmes, Rosa, c'est ter-miné, elle ne reviendra jamais, tu le sais bien, tu dois faire des rencontres, tiens, tu devrais te raser la mous-tache, changer un peu, ça fait toujours du bien, Mário dit, Mais je ne veux pas changer, Manuel ! je suis qui je suis, je suis Mário ! et de toute façon ce n'est pas une moustache qui m'aidera à à à ! à ce moment le telemóvel de Manuel sonna, Désolé, dit-il, je dois répondre, il se leva et sortit dans la rue pour prendre son appel et fumer une cigarette, laissant Antoine seul avec Mário qui dit en français, Manuel me laisse, vous savez, et Rosa, même chose, elle ne veut plus parler avec moi, nous sommes séparés, c'est vérité, je comprends qu'elle ne vouloir plus être ma femme mais au moins elle pouvait faire l'effort mínimo pour avoir une relation avec moi qui n'était pas seul avec des insultes ! Vous pouvez parler portugais si vous voulez, monsieur Mário, intervint Antoine, Non non ! insista Mário, je parle français très bien, j'adore les langues étranges ! je

[77]

disais, Rosa, cette cabra, ce n'est pas possible lui parler au téléphone sans elle crier des insultes, elle ne comprend rien dans ma douleur, une femme insensible, mais si vous la vissiez, une femme magnifique! une élégance, mon cher, et une sveltesse! deux qualités qui fautent le plus souvent à la femme portugaise, et quand je rencontrai Rosa, il y a dôze années, elle avait dans cette époque quarante-trois années, immédiatement j'ai fus séduit par son élégance et sa sveltesse et ai invité-la ici, c'est mon restaurant préféré, comme vous probablement devina, je viens ici quase tous les jours pour almoçar, trois ou quatre fois par semaine pour jantar, j'adore les fruits de mer et leur arroz de marisco est une merveille, ça vous plaît? attendez un peu, ils ont un medronho velho qu'ils sortent seul pour les invités spéciaux, je vous offre, et à Manuelinho aussi, pour cause de notre amitié, Ce n'est pas nécessaire, dit Antoine, Mais s'il vous plaît! c'est toujours un plaisir pour moi rencontrer avec gens tels comme vous, vous êtes très agréable! oui, c'est ça, dit-il en faisant des signes au serveur, vous paraissez une personne saine, mais les hommes sont beaucoup moins susceptibles que les femmes de tomber dans la mélancolie, la dépression, l'hystérie aussi, il se mit alors à parler portugais, Et justement je crains fort que cette pauvre pute de Rosa ne soit sur une mauvaise pente!

[78]

elle boit beaucoup, elle boit comme un trou! mais ne parlez pas de tout ça à Manuelinho, je ne voudrais surtout pas qu'il s'inquiète, Manuel a déjà beaucoup trop de sujets d'inquiétude dans sa vie pour se mettre en plus à penser à Rosa, ne pensons plus à Rosa, ah! voilà voilà, dit-il alors que le serveur déposait sur la table trois petits verres d'aguardente, Vous verrez, une eau de vie! un nectar digne des dieux! mais qu'est-ce qu'il fout enfin, Manuel! et il se mit à faire de grands gestes avec ses bras mais Manuel, dehors, ne le voyait pas ou faisait mine de ne pas le voir, alors Mário se leva pour aller le chercher et à ce moment son téléphone sonna, il répondit en se dirigeant vers l'extérieur.

Antoine se resservit du vin et se demanda quelle heure il pouvait être, il pensait à Costa qu'il avait de moins en moins envie de se taper, d'ailleurs il ne se souvenait même plus de l'heure de leur rendez-vous. Il regarda autour de lui mais ne vit aucune horloge, il voulut jeter un coup d'œil à son telemóvel mais il avait les doigts tout poisseux à cause du crabe qu'il avait dû décarcasser, il ne faut pas que je salope mon pantalon avant d'aller voir Costa, pensa-t-il, et de toute façon il était peut-être déjà trop tard, cet almoço, c'était peut-être un jantar, Antoine avait déjà le rouge aux joues, il n'était pas soûl mais bon, il sentait monter l'ivresse et ce vieux medronho (ce mot résonne comme une insulte d'un autre temps, medronho! comme malandrin! ou mécréant!) qui attendait le retour de Manuel et Mário serait peut-être le verre de trop.

Ah! et puis on s'en fout! pensa-t-il en humant le parfum capiteux de l'eau-de-vie, alors que Manuel et Mário revenaient à la table. Mário gesticulait avec emphase, faisant carillonner une gourmette clinquante et tintinnabulante qu'il portait au poignet gauche, Tu verras Manuel, ce medronho est une merveille, expliquait Mário, ça n'a rien à voir avec j'aime ou je n'aime pas l'eau-de-vie, c'est comme si tu refusais de boire du champagne en me disant que tu n'aimes pas le mousseux de merde, Manuel dit, Bon d'accord, il fit cul-sec, toussa un peu et déposa délicatement son verre sur la table, C'était très gracieux, Manuel, dit Mário, mais, monsieur Antoine, je vous conseille de ne pas l'imiter, cette aguardente doit être dégustée lentement, c'est la meilleure aguardente que vous boirez de toute votre vie, je vous l'assure, alors profitez de ce moment de grâce, en trois gorgées, parce qu'il faut que ça brûle un peu, évidemment, c'est de l'eau ardente, il ne s'agit pas de laper comme un petit chien, non, trois gorgées à savourer lentement, à faire tourner dans votre bouche, et tout en expliquant il but ses trois gracieuses gorgées, C'est très bon, dit Antoine, je vous remercie monsieur Mário, et celui-ci, Monsieur Antoine, mon ami, j'aime les gens qui savent apprécier les bonnes choses, puis son téléphone sonna, il répondit et Manuel dit, Maintenant je dois y aller, j'ai un rendez-vous important dans le Bairro Alto, si tu veux je peux te laisser avec lui, et Antoine, Je vais partir aussi, j'ai un rendez-vous, quelle heure est-il? mais Manuel ne répondit pas, peut-être n'avait-il pas entendu, il répéta, Je prends un taxi, où vas-tu? si tu veux je vais dans le Bairro Alto, je peux te déposer, Je ne sais pas trop où je vais, répondit Antoine, mais de toute façon c'est par là, je dois téléphoner pour savoir où je vais mais ce sera forcément par là.

Mário parlait très fort au telemóvel. Il leur fit, tandis qu'ils sortaient, de grands gestes d'adieu.

4

Lors de leur premier séjour au Portugal, le dernier soir, Clara et Antoine étaient partis en taxi du Bairro Alto avec Manuel pour aller dans la Graça, au miradouro, prendre un dernier verre. À cette époque ils n'habitaient pas chez Rita, n'habitaient pas juste en face du miradouro, mais une pension près de l'Avenida da Liberdade. Ils avaient quitté vers deux heures du matin le Maria Caxuxa, un bar du Bairro Alto, étaient descendus vers la Praça de Camões où il y a une station de taxis. Le chauffeur avait choisi de descendre la Rua da Conceição jusque dans la Baixa et, après quelques détours pour éviter les sens uniques, avait remonté la rue qui change dix-huit fois de nom en passant devant l'église Santo António, la Sé, puis par Cerca Moura. Ce soir-là, Clara était heureuse malgré notre tristesse de rentrer et peut-être est-ce à ce moment que je pensai pour la première fois qu'il fallait rester ici, Clara heureuse, il n'y avait rien de plus beau, ce fut le point de départ, elle était triste de quitter le Portugal, de rentrer dans le non-pays du Québec, alors j'ai imaginé Clara heureuse de rester et cette idée ne m'a plus quitté, je me suis mis à entretenir des pensées exotiques, des rêves d'éloignement, de solitude, de sérénité même.

À la table à côté de moi, il y a trois femmes plus très jeunes, l'une d'elles porte un parfum qui sent vraiment très bon, elles parlent tout bas, semblent un peu guindées, avec des souliers argentés, elles n'ont rien à faire ici, la Casa do Alentejo n'est pas un lieu pour des femmes comme elles, moi je n'ai rien contre mais à cette heure de poivrot on ne voit que très rarement ici ce genre de personne.

*

Durant le trajet vers le Bairro Alto, ils ne parlèrent pas beaucoup. En arrivant dans la Baixa, le taxi prit par le Rossio et Antoine dit, Manuel! je vais descendre ici, puis au chauffeur, Faz favor, senhor, saio aqui, Manuel dit, Très bien, appelle-moi demain ou passe chez Susana, j'y serai entre quinze heures et dix-sept heures à peu près.

Antoine descendit du taxi juste devant l'arche de la Rua dos Sapateiros. Il aimait bien la Rua dos Sapateiros, il y avait là le premier cinéma de Lisbonne, l'Anima-

tógrafo do Rossio ouvert en 1907 et désormais recon-
verti en peep-show. Il se demandait pourquoi Manuel
voulait le rencontrer le lendemain. Il y avait un an plus
ou moins qu'il avait vu pour la première fois l'appartement de Susana, Rua da Saudade, son atelier, les
photos d'elle, et il lui apparut soudain essentiel de la
rencontrer, mais ce n'était qu'une idée comme ça.
Dans la Rua dos Sapateiros il y avait aussi des restos à
touristes qu'il aimait bien, je ne sais pourquoi, alors
qu'il essayait sans cesse de se confondre avec les
Portugais, il se rendait régulièrement dans ces lieux où
l'on porte sa différence comme un masque. À ce
moment où il descendait la Rua dos Sapateiros, il pensa
qu'il n'avait plus de temps à perdre avant son rendez-
vous avec Costa, il ne savait toujours pas à quelle heure
il devait l'appeler, Costa lui avait dit, Appelle-moi et je
te dirai où venir me rejoindre, mais il ne se souvenait
plus s'il avait dit quinze heures ou dix-sept heures ou
quoi. En descendant la Rua dos Sapateiros, Antoine se
souvint de s'être fait raser un jour près de là. Il prit une
rue transversale puis tourna dans la Rua dos Correeiros,
passa devant un sex-shop de la chaîne Contra-Natura
et aperçut le salon de barbier Africana. Juste en face,
il y avait un restaurant italien tenu par des Indiens. Il
demanda l'heure à l'un des serveurs qui lui répondit,
Ten minutes after three, sir, Crétin, grommela-t-il,
alors qu'il entrait chez le barbier.

À l'intérieur il n'y avait presque personne, un seul client, très vieux, avec des cheveux très blancs, presque roses à cause de la chemise rose du barbier qui s'y reflétait, on aurait dit qu'il faisait semblant de lui couper les cheveux, qu'il coupait dans le vide, pendant ce temps une femme lui polissait les ongles et Antoine se demanda ce qu'elle faisait là, dans ce lieu d'hommes, avec son mari, parce qu'il s'était dit qu'elle était la femme du barbier mais en réalité il n'en savait rien, ils avaient à peu près le même âge, la soixantaine avancée. Ce n'est pas un lieu d'hommes, au fond, c'est un lieu de vieux, pensa Antoine, et aussi que la femme n'était peut-être là que pour faire les ongles du vieillard, les autres jours, sans le vieillard, elle restait probablement chez elle.

L'homme à la chemise rose fit signe à Antoine de s'asseoir. Le vieillard avait ses quatre-vingts ans bien sonnés, peut-être même quatre-vingt-dix. Il se tenait d'une manière à la fois très digne et très ridicule, le coude sur l'accoudoir et la main à hauteur du visage, le poignet plié pour que la femme puisse lui polir les ongles. C'était sans doute la pose correcte, mais elle sembla complètement anachronique à Antoine, il y avait là, dans cette main, pensa-t-il, la marque du plus profond mépris, cet homme est sûrement un sale fasciste, il a sans doute été officier de la PIDE, la Polícia Internacional e de Defesa do Estado. Le vieillard portait à l'annulaire gauche une grosse chevalière et regardait droit devant lui, en fait il se regardait lui-même dans l'un des nombreux miroirs du salon de coiffure, son regard aristocratique était rempli de dédain, il avait de petits yeux de rat et le visage impassible d'un tortionnaire. Antoine était seul à attendre, le barbier et sa femme s'affairaient autour de ce client privilégié sans dire un mot, Antoine attendait et observait. Après que la femme eut terminé de polir les ongles du vieillard, le barbier entreprit de lui laver les cheveux, la femme alla s'asseoir dans un coin et se mit à lire une revue avec Saldos écrit à l'endos.

Antoine attendait depuis une dizaine de minutes, une grosse horloge au-dessus de la porte du bureau indiquait quinze heures trente-huit mais, malgré l'attente, il se trouvait chanceux d'avoir trouvé un cabelereiro ouvert à cette heure parce qu'ils ferment souvent l'après-midi, entre quatorze et seize heures, Antoine n'avait jamais saisi l'utilité de ce genre d'horaire, ce n'est pas l'Espagne ici, on ne fait pas la sieste, mais bon, il y avait sûrement une raison. Après le lavage des cheveux, le barbier tailla la moustache du vieux, très lentement, avec des gestes gracieux et une précision d'horloger qui paraissaient totalement superflus en l'occurrence, et le vieux observait le travail dans le miroir d'un œil inquisiteur. Le barbier à la chemise rose donna de petits coups de rasoir sous le nez, sur les joues, la gorge, toujours comme si, au fond, il n'y avait rien eu à couper, puis il fit la nuque et recommença à (faire semblant de) lui couper les cheveux pendant quelques minutes. Il était quinze heures quarante-neuf lorsque le barbier prit un miroir pour montrer au vieillard sa nuque parfaite. Ce dernier marmonna deux ou trois mots et le barbier lui tendit, après les avoir essuyées soigneusement, ses lunettes, alors seulement le vieillard approuva son travail d'un geste vague de la tête en réclamant tout de même quelques retouches à la moustache, et Antoine pensa que ce regard inquisiteur de rat dédaigneux était probablement celui d'un aveugle et que, sous ses airs supérieurs, l'officier salazariste n'était sans doute qu'un gentil grand-père portugais enfermé dans une cécité partielle qui le forçait à plisser les paupières, à froncer les sourcils.

On avait terminé de donner ses soins au vieillard, il était quinze heures cinquante-sept et, alors qu'Antoine le regardait se lever, un autre vieux qui venait tout juste d'entrer dans la boutique dit, Faz favor, je vous en prie, et, d'un geste révérencieux, l'enjoignit de prendre place sur l'une des cinq chaises libres de la boutique. Il devait revenir tout juste d'almoçar, il avait encore sur l'épaule son sac en bandoulière et tenait son drap de barbier à la manière d'un toureiro, Faz favor, répéta-t-il puisqu'Antoine n'avait pas réagi immédiatement, surpris en plein milieu de sa réflexion sur l'officier de la PIDE. Le nouveau vieux ne souriait pas mais avait tout de même l'air beaucoup plus sympathique que le premier, il était entré dans le salon par la porte des clients et c'est ainsi qu'Antoine ne s'était rendu compte de sa présence qu'au second Faz favor. Il se leva alors et prit place dans le fauteuil qu'on lui désignait. Sur l'appui-pieds en fer ouvragé il lut l'inscription S&P, Pessoa, Lisboa, sans réussir à comprendre ce que cela pouvait bien signifier, quelque chose & Portugal, ou quelque chose & Pessoa, allez savoir.

Le barbier le rasa sans histoire et plutôt mal en cinq minutes à peine. Quand il eut terminé, il dit avec emphase, Voilà! en faisant un grand geste du bras et de la main qui tenait le rasoir, comme s'il espérait des applaudissements. Antoine le regarda sans bouger quelques secondes, il attendait un salut, une révérence qui ne vinrent ni l'un ni l'autre, le barbier dit plutôt, Ça nous fera sept euros. Antoine fut un peu étonné, sachant que deux semaines plus tôt, quand il était passé par Coimbra avec Clara, il s'était fait raser pour trois euros. C'est de l'arnaque, pensa-t-il, on me fait payer le prix touriste, ça l'irritait profondément de passer pour un touriste, il n'était plus un touriste, mais ça aurait été idiot de se fâcher pour ça, de toute façon il n'était même pas sûr qu'on voulait le voler et toute cette confusion aurait été très compliquée à expliquer au coiffeur. Il paya les sept euros mais ne laissa pas de pourboire, l'autre eut l'air tout étonné mais n'ajouta rien.

En sortant de la boutique, Antoine vit qu'il était déjà seize heures dix et pensa qu'il ne fallait plus tarder à appeler Costa mais il n'en avait aucune envie. Costa était pourtant son ami, il devait l'aider à trouver un emploi mais bon, ça l'ennuyait de devoir parler boulot aujourd'hui, il n'avait pas trop la tête à ça, et en plus Costa travaillait au Partido Social Democrata. Manuel avait un jour expliqué à Antoine qu'après la Révolution des Œillets du 25 avril 1974, tous les salazaristes s'étaient réfugiés au PSD, s'étaient camouflés sous cette appellation de sociaux-démocrates et, pour Antoine, cette hypocrisie rejaillissait un peu sur Costa qui, cela dit, ne le méritait probablement pas.

Il remonta la Rua dos Correeiros jusqu'à la Praça de Figueira, j'appelle Costa ou alors qu'est-ce que je fais? où je vais? je n'ai rien à faire, se dit-il. Il marcha jusqu'au Largo de São Domingos et entra dans la Rua das Portas de Santo Antão, il y avait beaucoup de monde à la Ginjinha Sem Rival, sept ou huit personnes, autant dire que c'était plein. Il vit au fond de la boutique monsieur Coelho, le barman, qui parlait avec un habitué, et décida d'aller lui dire bonjour.

*

Quand tu es arrivé chez moi j'étais en train de peindre et maintenant je suis hors de chez moi, je ne peux plus peindre, Mais tu aurais pu rester chez toi et peindre, dit Antoine, Enfermée là-haut? je ne vois pas comment j'aurais pu peindre en sachant que j'étais enfermée, Mais tu n'aurais pas été enfermée, je t'aurais laissé la clé! Je te trouve bien naïf de te fier aussi aveuglément à une clé, à une serrure dont on ne sait jamais quand elles vont te lâcher, tu imagines ce qui se serait produit alors? j'aurais pu passer le reste de mes jours enfermée là-haut et finalement mourir de solitude et d'inanition, Mais tu m'as dit que Manuel reviendrait vers quatorze heures, Avec Manuel, dit Susana, on ne sait jamais, et en plus Manuel n'aurait pas su que j'étais enfermée, il aurait pu décider de ne jamais revenir, Tu aurais pu l'appeler, Ça aurait été idiot, Pourquoi? C'est comme ça, conclut Susana, et de toute façon je n'ai pas de téléphone, qu'est-ce qu'on fait maintenant? demanda-t-elle, pendue à son bras alors qu'ils descendaient la rue qui change sans arrêt de nom, Je ne comprends pas, répondit Antoine, C'est ta faute si je suis ici, prise hors de chez moi, alors tu dois t'occuper de moi, en plus je n'ai pas d'argent, j'ai oublié mon sac, tu m'invites à manger? et elle le poussa à droite, dans la Rua da Madalena, Par où tu es passé hier? demanda-t-elle, et sans lui laisser le temps de répondre, Tu verras, on va le retrouver ton telemóvel, mais pourquoi de toute façon tu t'énerves autant parce que tu as perdu un téléphone de merde à trente euros? J'attends un appel important, répondit Antoine, Ah! un vacancier qui attend un appel important, c'est drôle! elle rit très fort, Je ne suis pas un vacancier, je suis immigrant mainte-nant, Ah, d'accord, et tu es allé où hier? Antoine réfléchit un peu et dit, Je ne sais plus trop.

Il y avait des trous dans son parcours, dans sa mémoire, il retrouvait les points de repère habituels mais entre eux plusieurs motifs effacés, arrachés, il y avait des trous dans la mosaïque. Tu as mangé hier midi? redemanda Susana, le sortant de ses divagations, on pourrait aller manger où tu es allé hier, comme ça on ferait d'une pierre deux coups. Il se souvint tout à coup que, juste avant de rentrer, très tard la veille, il était allé chez Sara. Il ne se rappelait plus les détails mais savait que ça s'était mal passé, elle avait peut-être le telemóvel. Il aurait pu lui téléphoner d'une cabine pour le lui demander mais il n'avait pas confiance en elle, si elle était fâchée, elle était bien capable de lui mentir et de jeter le telemóvel pour l'emmerder. Il dit, Tu connais Sara? L'amie de Rita? questionna Susana, la pimbêche française? Tu la trouves pimbêche? pour-quoi? demanda Antoine, et Susana, Je ne sais pas, en fait je n'ai rien à dire sur Sara, elle m'a toujours semblé un peu princesse pimbêche mais en même temps je ne lui ai jamais vraiment parlé, je veux dire, je n'ai jamais écouté ce qu'elle disait, quand ça me prend je peux parler vraiment beaucoup, autant dire sans arrêt et, chaque fois que j'ai croisé Sara, habituellement avec Rita, je ne sais pourquoi mais je me suis mise à déblatérer n'importe quelle bêtise pour ne pas l'entendre, peut-être parce que je déteste les princesses, alors voilà, je ne l'ai jamais entendue dire grand-chose, je ne la connais pas vraiment mais je lui ai toujours trouvé un air de pimbêche, Je ne crois pas qu'elle soit pimbêche, dit Antoine, elle est plutôt discrète en fait, plutôt réservée, Ah non, je ne crois pas, le coupa Susana, je suis sûre qu'elle parle sans arrêt quand je ne suis pas là, qu'elle dit du mal, qu'elle méprise, je me trompe rarement sur ce genre de chose, en fait je dis ça mais je n'en sais rien, c'est peut-être une fille réservée mais ça ne l'empêche pas d'être une pimbêche, il lui est arrivé des choses terribles, elle t'a déjà raconté son histoire de champignon dans l'œil? je ne la connais que parce qu'elle est l'amie de Rita, c'est Rita qui m'a raconté cette histoire de champignon, nous étions en train de cueillir des champignons dans le Minho et elle m'a raconté cette histoire, Sara m'a dit un jour qu'elle aimait venir chez moi parce que la Fraternidade Espírita Cristã au deuxième étage lui rappelait son aventure, elle a failli perdre un œil et elle aime se le rappeler, c'est une histoire terrible, elle t'a raconté? Oui, répondit Antoine, Je ne peux m'empêcher de croire qu'elle pose, les blondes sont assez rares ici, à Lisbonne, alors forcément on les remarque, les hommes les regardent même lorsqu'elles sont moches, je ne dis pas que Sara est moche mais à se faire regarder comme ça sans arrêt, forcément, on finit par se faire des idées, par imaginer des choses, on commence à minauder, à faire la pimbêche, mais pourquoi tu me parles de Sara ? Antoine répondit, Je suis allé chez elle hier et c'est le dernier endroit où je me rappelle être passé avant de rentrer chez moi, c'est peut-être là que j'ai laissé le telemóvel, je vais aller chez elle, Bonne idée ! tu iras chez elle, Bon, alors j'y vais, dit-il, Maintenant ? oh non ! tu ne peux pas me faire ça ! Susana l'agrippa par le bras et dit, Allons manger avant ! et Antoine, J'aimerais mieux manger après, Elle habite où, Sara ? Dans la Bica, répondit Antoine, Ah non ! je n'ai pas du tout envie de me taper le trajet jusqu'à la Bica, c'est loin ! à moins qu'on prenne un taxi, Non, dit Antoine, je n'ai pas d'argent à gaspiller pour un taxi, je suis au chômage et, Viens au moins prendre un café avec moi, insista Susana, paie-moi un café tout de suite puis je t'attendrai pendant que tu iras chez Sara et après nous irons manger, qu'est-ce que tu en dis ? Bon, ça va, dit Antoine, et Susana, Viens, allons par là.

Ils débouchèrent sur la Praça de Figueira, prirent ensuite une petite rue à droite et arrivèrent sur le Largo de São Domingos, devant le théâtre. Dans la pente douce qui mène vers le Bairro da Pena, les Africains comme toujours palabraient, on se demande d'ailleurs de quoi ils peuvent parler depuis tout ce temps, depuis l'éternité qu'ils sont là, assis sur des couvertures multicolores. Il y avait aussi un petit vieux avec une barbe blanche longue et sale qui gueulait, un sans-abri, il avait une voix très rauque et Antoine ne comprenait jamais un mot de ce qu'il disait, bien qu'il criât très fort personne ne semblait l'entendre, il se tenait presque tous les jours sur le Largo de São Domingos ou à la Praça Martim Moniz avec une grosse canette de bière. Un jour Antoine l'avait vu lire le journal et s'en était étonné, il avait pensé qu'il était bizarre qu'un type comme lui s'intéressât à l'actualité, comment peut-on s'intéresser à l'actualité quand on ne sait même pas où on va se retrouver demain? quand la seule certitude qu'on a nage au fond d'une canette de bière sur le Largo de São Domingos? Susana le traîna ensuite dans la Rua das Portas de Santo Antão garnie de restos à touristes. Il n'y avait presque personne à la Ginjinha Sem Rival, monsieur Coelho, le barman, était à la porte et parlait avec un habitué, Antoine lui fit un signe de la main.

Ils marchèrent encore un peu et entrèrent à la Casa do Alentejo, montèrent le vaste escalier et traversèrent la salle de bal jusqu'au café, tout au fond, Duas bicas, deux cafés, dit Susana au serveur, Je ne peux pas rester

longtemps, dit Antoine, je dois retrouver mon téléphone, Quel paquet de nerfs! tu es tellement énervé
que tu fais des tas de conneries, tu enfermes les gens
chez eux et ensuite tu perds ton téléphone, J'ai perdu
le téléphone hier, Bon bon bon, on s'en fout, tu comprends ce que je veux dire, hier ou aujourd'hui, qu'est-
ce que ça change? tu es trop angoissé et puis c'est tout,
d'ailleurs, c'est quoi ce coup de fil que tu attends?
C'est personnel, répondit Antoine au moment où le
serveur mettait les cafés sur le comptoir, C'est toujours
personnel, un coup de fil, dit Susana, sauf quand c'est
un mauvais numéro, tu ne m'apprends pas grand-
chose, allez, raconte-moi, nous sommes seuls à la Casa
do Alentejo, nous n'avons rien d'autre à faire que nous
raconter des histoires, d'ailleurs je vais t'en raconter
une tout de suite, la nuit dernière j'ai mis beaucoup de
temps à m'endormir, je fais souvent de l'insomnie mais
hier en plus dans mon lit je me suis mise à penser à
une histoire que me racontait ma grand-mère quand
j'étais petite à propos de mon grand-père à Tarrafal
que l'on empêchait de dormir en le battant, en le brû-
lant avec des cigarettes, en lui plongeant la tête dans
un seau d'eau, c'est idiot mais chaque fois que j'y pense
c'est comme si je m'interdisais à moi-même le sommeil, bon finalement bref je me suis endormie et j'ai
rêvé que j'étais enfermée chez moi et qu'il n'y avait
plus d'électricité, j'étais seule, Manuel n'était pas là, il

faisait complètement noir, on n'y voyait rien et j'étais très inquiète, je pensais que j'étais devenue aveugle, comme Sara, Sara n'est pas aveugle! protesta Antoine, Oh! cesse de couper les cheveux en quatre! répliqua Susana, et de m'interrompre, bon, alors voilà, tout à coup je me suis rendu compte que je rêvais et j'ai voulu me réveiller mais je n'y arrivais pas, je me suis débattue pendant de longues minutes et lorsque je me suis enfin réveillée il faisait jour, tu vois? Antoine dit, C'est drôle quand même, et Susana, Ah moi je n'ai pas trouvé ça drôle du tout! j'étais en sueur! j'ai mis des heures à me rendormir! Je veux dire, reprit Antoine, ce qui est drôle, c'est que moi aussi j'ai fait un mauvais rêve la nuit dernière, À propos de quoi? demanda Susana, À propos de Clara, ma femme, Clara est rentrée hier à Montréal, j'ai rêvé d'elle, Comme c'est romantique! dit Susana avec un petit air ironique, il rêve à sa femme qui le quitte, mais il faut passer à autre chose, Antoine! il n'y a pas d'amour heureux! Elle ne m'a pas quitté, pourquoi tu dis qu'elle m'a quitté? C'est Manuel qui me l'a dit, répondit Susana, Je ne crois pas qu'elle m'ait quitté, dit Antoine, je crois qu'elle va revenir, Pas Manuel, dit Susana, et je suis d'accord avec lui, Tu ne la connais même pas! J'imagine qu'elle ne reviendra pas, tu devrais me faire confiance, et de toute façon il est temps que tu passes à autre chose, allez Antoine! du nerf! Mais elle n'est partie qu'hier! protesta Antoine, laisse-moi deux ou trois jours quand même! Bon, qu'est-ce qu'elle faisait dans ton rêve, la tendre Clara? elle te foutait dehors? elle se foutait à poil? elle se foutait de ta gueule? Elle pleurait, dit Antoine, C'est tout? demanda Susana, C'est compliqué, répondit-il, et elle, Raconte.

J'étais à Paris (mais ce n'était pas Paris) avec ma femme, une amie nous hébergeait, Serena, une fille que j'ai rencontrée à Madrid l'an dernier, au Prado, devant le *Jardin des délices* de Jérôme Bosch, elle est venue vers moi, je lisais un livre, elle s'est mise à me parler de ce livre, puis nous avons pris un café, puis du vin et peut-être autre chose, je ne sais plus, mais je ne la connaissais presque pas, or pour une raison inconnue, dans mon rêve, c'est Serena qui nous hébergeait ma femme et moi, chez ses parents, parfois ma femme était Clara, parfois Sara, je ne percevais pas très bien la différence entre les deux, en fait l'alternance d'une femme à l'autre, dans le rêve, était sans importance puisque je ne m'en rendais pas compte et n'en gardais pas le souvenir, chaque fois que je me retrouvais avec Clara, Sara n'existait plus et inversement, C'est très compliqué, l'interrompit Susana, mais sans relever sa remarque Antoine continua, Je ne me souviens plus du début, je ne me souviens plus pourquoi nous étions chez les parents de Serena, tout ça est très flou, à un moment je me suis retrouvé au lit avec Serena et j'avais totalement oublié ma femme parce que dans ma tête elle était d'accord pour que je couche avec Serena qui était alors en train de me sucer goulûment, c'était une manière de me remercier d'avoir accepté son invitation, ça, c'était très clair, Ben dis donc! s'exclama Susana, elle est pour le moins affable, ta Serena! Ce n'est pas ma Serena, dit Antoine, dans le rêve non plus ce n'était pas ma Serena mais ça n'avait pas d'importance et je la laissais me remercier avec toute la grâce et l'ardeur dont elle disposait quand ma femme, ce devait être Sara, fit irruption dans la chambre et, constatant dans quelle situation je me trouvais, ressortit aussitôt, Serena, évidemment, était très mal à l'aise, je lui présentai mes excuses, lui dis que je ne comprenais pas ce qui avait pris à ma femme, que son comportement était inadmissible et que j'allais de ce pas la raisonner, on n'avait pas le droit d'interrompre ainsi les ébats fornicatoires d'autrui, je me levai et, à poil, entrai dans notre chambre, je n'avais jusqu'alors dans ce rêve jamais mis les pieds dans cette chambre, adjacente à celle où j'avais été interrompu avec Serena, et trouvai là Clara en train de faire ses bagages, elle pleurait, la voir dans cet état, et surtout m'imaginer que j'étais en train de la perdre, qu'elle allait partir et me laisser là avec cette Serena dont, malgré la poitrine avantageuse et un don incontestable pour l'acte de fellation, je me foutais éperdument, tout ça me crevait le cœur et me

[99]

faisait réaliser à quel point j'aimais Clara, à quel point également ce que j'étais en train de faire quelques instants plus tôt n'avait aucun sens, à quel point j'avais tort, je pris Clara dans mes bras (tout à coup, j'étais habillé), et lui dis qu'elle avait raison, que j'allais expliquer la situation à Serena et que je ne recommencerais plus, Et tu as tenu ta promesse? demanda Susana en bâillant, Dis donc, merde, tu veux que je te la raconte ou non, cette histoire? Oui oui, continue, Après avoir consolé Clara quelques instants, je retournai dans la chambre de Serena, elle était toujours nue sur son lit et semblait très heureuse de me retrouver, mais ma résolution était ferme, Pourquoi t'es-tu rhabillé? me demanda-t-elle, coquine, Je ne me suis pas rhabillé, répondis-je, alors elle dit, Mais tu es habillé, ça revient au même, et elle avait bien raison, j'étais habillé, c'était dans le rêve un fait incontestable, je dis, C'est arrivé comme ça, sans que je m'en rende compte, je suis désolé d'être habillé, Serena, mais j'aime ma femme, je pense que ce serait mieux qu'on arrête, Serena eut l'air surpris, elle dit, Si tu veux, et moi, Je sais que c'est idiot (et je ne savais pas pourquoi je disais cela) mais je vais retrouver ma femme pour la consoler, je suis désolé.

Antoine était pris par son histoire, je ne sais pas s'il avait remarqué que Susana ne l'écoutait plus vraiment, je pense que raconter ainsi son rêve l'aidait lui-même à en comprendre le sens, en même temps, un rêve, ça n'a pas de sens, je veux dire pas d'autre sens que celui qu'on lui donne et qui aide à remettre parfois les choses à leur place, c'est un peu ce qu'il espérait alors il n'allait pas s'arrêter, et si Susana dormait déjà à ce moment-là, la suite, il se l'est probablement racontée dans sa tête.

Je quittai Serena pour rentrer dans la chambre de ma femme où je ne fus pas du tout étonné de trouver Sara, or la voir là, même si c'était dans le rêve totalement normal puisque Clara n'existait plus à cet instant tout comme, quelques minutes plus tôt, Sara avait disparu de ma mémoire, bref, voir là Sara m'énerva profondément, elle avait fini de faire les valises, elle ne pleurait plus, elle dit, Bon, alors, on s'en va ? et son empressement me dégoûta, je pensai, je me demande vraiment ce que je fous avec cette poufiasse, et dis, Comme je ne coucherai plus avec Serena, nous n'avons plus de raison de partir, et elle, Je ne veux pas être ici, nous ne pouvons plus vivre ici après ce qui vient de se passer ! alors j'élevai un peu le ton, Serena est très gentille de nous recevoir ! on ne va pas foutre le camp comme ça, comme des voleurs ! et Sara se mit alors à crier, C'est elle ou moi ! choisis ! mais je ne répondis pas et elle profita de mon silence pour ajouter, Nous partons ou c'est fini entre nous ! c'est à ce moment que je perdis patience, je criai, Serena est une fille fantastique ! elle est d'une beauté et d'une gentillesse exemplaires ! d'une beauté et d'une gentillesse qui te font défaut ! tu le sais et tu crèves de jalousie, tu m'écœures! puis je sortis de la chambre pour rejoindre Serena, je ne sais plus si cela m'étonna ou non qu'elle se fût rhabillée (heureusement je n'étais pas, moi-même, de nouveau à poil), elle était assise dans un large fauteuil à oreilles et écoutait de la musique, du piano, la chambre avait maintenant plutôt l'air d'un salon, il n'y avait plus de lit, c'était une pièce assez austère, avec des ornements de plâtre au plafond et des meubles tarabiscotés, de la marqueterie, Serena faisait exprès de me montrer ses jambes, elle ne me laissa pas le temps de dire un mot alors que je brûlais de lui annoncer que je venais de plaquer ma femme ou peut-être de me faire plaquer mais cette distinction était sans importance, elle dit, J'ai parlé à mes parents et ils désirent que vous quittiez les lieux séance tenante, et moi j'étais très étonné, non pas qu'elle nous mette à la porte, mais qu'elle eût pour ce faire recours à l'autorité de ses parents, cela me fit aussitôt perdre toute considération pour elle, sans pour autant m'encourager à retourner auprès de ma femme, cette idée me dégoûtait, j'aurais préféré me retrouver seul mais pour une raison nébuleuse je devais sortir de cette maison avec elle, alors je rentrai dans sa chambre, et bon, voilà, j'y trouvai Clara en pleurs, et cette vision me brisa le cœur, je me rappelai d'un coup toute mon ignominie et dis, Je te demande pardon, j'ai été abject, je t'en supplie, laisse-moi une dernière chance, quittons ensemble cet endroit sordide et repartons à zéro, alors Clara me prit dans ses bras et dit, Quittons ensemble cet endroit sordide.

Je ramassai sa valise qui pesait une tonne et ouvris la porte, il nous fallait pour quitter cette maison traverser la chambre de Serena mais celle-ci avait disparu, de même que le fauteuil à oreilles et tous les autres meubles, la pièce était vide, même le plâtre des plafonds était lisse, sans relief, je traînai difficilement la lourde valise à travers la pièce puis, alors que nous commencions à descendre l'escalier, nous entendîmes sonner les cloches d'une église puis les voix de Serena et de ses parents qui nous criaient dessus mais nous ne les voyions pas, ils criaient, Partez! sales ingrats! étrangers! peureux! pleurnichards! et leurs cris résonnaient dans la cage d'escalier et me faisaient mal à la tête, la valise était tellement pesante que je ne pouvais descendre que très lentement, à chaque marche je devais déposer un instant la valise et cela faisait un bruit épouvantable dans la cage d'escalier, comme des coups de marteau sur une enclume qui se mêlaient aux cris, aux cloches, la descente fut longue et difficile, en fait je ne sais plus si nous avons réussi à sortir de la maison, à sortir même de la cage d'escalier, mais j'étais avec Clara et cela me rendait joyeux.

Puis je me suis réveillé, c'était la nuit, et Clara n'était pas là.

5

Antoine avait rencontré Serena au musée l'année de son troisième séjour au Portugal.

Il avait décidé de partir une petite semaine avant Clara, pris un vol pour Paris où il avait passé quelques jours, puis le train pour Madrid. Il avait erré un peu dans le centre sous le soleil écrasant et s'était dit, Fuir la chaleur. Il avait alors découvert que les musées l'ennuyaient, grâce à Serena qu'il avait rencontrée au Prado. Il déambulait sans but dans les salles depuis quelques heures déjà, il avait lu un peu aussi au restaurant du musée, un roman. Les pinturas negras de Goya lui avaient tout de même causé une forte émotion, de même que le *Jardin des délices* de Jérôme Bosch, devant lequel il était resté plusieurs minutes, quinze ou vingt, à se faire bousculer par des foules de touristes hilares alors qu'il n'y avait vraiment rien de drôle là-dedans, je veux dire, dans ce tableau, et bon, la suite tient plus ou moins du fantasme.

À quelques mètres sur sa gauche, une jolie fille regardait, comme lui, le *Jardin des délices*, en fait il regardait l'enfer (un poisson moustachu habillé en moine avec une hallebarde enfoncée dans le derrière) et elle, le paradis (panneau gauche, impossible d'être plus précis), il y avait entre eux plusieurs autres visiteurs mais, dès qu'il l'eut aperçue, il oublia le panneau droit. Pourquoi elle? Difficile à dire. Peut-être lui rappelait-elle quelqu'un. On remarque comme ça des gens à travers la foule et le plus souvent ça n'a aucune importance, ils font partie du désordre du monde, mais parfois ils nous restent dans la tête comme s'ils avaient toujours été là. Il n'arrivait plus à détacher d'elle ses yeux, elle avait le teint plutôt clair mais les cheveux très noirs, relevés en chignon, les traits accusés, déterminés, et dans le visage une dureté tout ibérique, elle était petite, élégante, portait des talons hauts, normal, se dit-il, elle est petite, il aimait les petites femmes, surtout avec une poitrine invitante, comme Serena, mais il ne savait pas encore qu'elle était Serena, bref, tout cela n'a rien d'extraordinaire, je ne vais pas décrire Serena pendant des heures, mais bon, comme il continuait de la regarder, elle finit évidemment par s'en apercevoir, elles finissent toujours par s'en apercevoir et le plus souvent s'en contentent, c'est ce qu'il se dit lorsqu'elle jeta sur lui un premier regard furtif, or tout à coup, comme après avoir réfléchi un peu, elle le fixa droit dans les yeux d'une manière très sensuelle et, sans y penser, il lui sourit, elle lui sourit en retour mais disparut aussitôt de son champ de vision et, quand il la retrouva dans la petite foule massée devant le *Jardin des délices*, elle était en train de se frayer un chemin à travers les amateurs d'art et, arrivant enfin à ses côtés, dit, Vous aimez *La valse aux adieux*? Il fut très étonné qu'elle lui parlât français, il dit, Pardon? et elle, Vous aimez Kundera? il comprit alors qu'elle parlait de son livre et répondit, Oui, en fait je ne sais pas, je commence à le lire. Habituellement, quand il allait au Portugal, il ne lisait que des livres en langue portugaise mais cette fois, sans réfléchir, il avait acheté à Paris ce roman de Kundera et cette fille magnifique venait lui parler, c'était quand même incroyable! Quand ce genre de chose arrive, on s'en souvient pour le reste de sa vie! Je ne me rappelle toutefois plus ce qu'elle lui dit ensuite mais ce n'était pas con et il oublia le Prado et Jérôme Bosch, oublia Clara aussi, pas complètement mais assez pour persévérer dans cette discussion, la tête pleine d'une multitude d'arrière-pensées. Serena avait sans doute parlé un peu de Bosch, je me souviens aussi d'une vague allusion à un tableau de Goya, *Tobias et le poisson* ou *Tobias et l'ange*, je ne sais plus, et c'est à ce moment qu'il en avait profité pour dire, J'en ai un peu marre du musée, vous ne voulez pas aller prendre un verre? Le visage de Serena s'illumina, elle dit, Je connais un endroit très bien pas loin d'ici, vous me laissez vous y conduire? Oui! répondit-il.

Ils sortirent du musée et marchèrent un peu dans les rues du centre, il lui demanda, Vous êtes française? Oui, mais on peut se tutoyer, non? et de toute façon je ne suis française qu'à moitié, par ma mère, je vis en Espagne depuis que j'ai sept ans, mais pas à Madrid, à Salamanca, sa manière de dire Salamanca, c'était vraiment sexy, Tu connais Salamanca? Non, dit Antoine, je sais que c'est près du Portugal mais je n'y suis jamais allé, je pars pour le Portugal demain, tu connais le Portugal? Je sais que c'est près de Salamanca mais je n'y suis jamais allée, et demain j'ai une entrevue très importante alors je ne pourrai pas y aller avec toi, et elle rit, lui aussi, puis ils entrèrent au Sueño del Monje, un bar à tapas qui avait le double avantage d'être un endroit propice aux premières rencontres et de se trouver tout près de son hôtel.

Après, c'était plus flou.

Il se souvenait qu'ils avaient bu beaucoup de sangria, debout au comptoir, c'est sympathique à Madrid cette habitude de boire debout. Ils avaient aussi parlé littérature, et à ce moment Antoine s'était convaincu qu'ils étaient incompatibles, c'était stupide évidemment de se déclarer incompatible pour quelque chose qui l'indifférait autant que Milan Kundera mais ça tombait bien, après tout, il n'était pas question de tomber amoureux, il y avait Clara, Antoine aimait Clara et, pour se convaincre de cette incompatibilité qui rendait Serena encore plus attirante, il la laissa parler, lui posa plein de questions et n'intervint que lorsqu'il pouvait avoir l'air intelligent. Elle lui parla de confusion des visages et des corps, des odeurs, *La valse aux adieux* c'est vraiment génial, dit-elle en mangeant une fraise de sa sangria, je t'envie d'être en train de le lire. Je me rappelle une phrase qu'elle cita de mémoire à propos de récifs et de sirènes, Se laisser mener par sa sensualité jusqu'au possible naufrage, avait-elle dit, et aussi l'expression cartographe de la sensualité, Serena était en sueur, il était déjà vingt-trois heures mais il faisait encore très chaud, Antoine eut envie de lécher sa peau, il pensait de moins en moins à Clara, je me dis en repensant à cet épisode que ma vie ces dernières années fut une constante valse aux adieux, d'ailleurs ce livre m'ennuyait profondément, je déteste ce genre d'examen clinique de la réalité, je n'en avais même pas lu la moitié mais préférai n'en rien dire, pour ne pas la faire fuir, détourner plutôt la conversation, il dit, Je préfère les histoires floues, le fantasme, en ce moment par exemple, je fantasme, pas toi? Tu as raison, dit-elle, elle but d'un trait son verre de sangria et, Viens, tu vas voir ce que ça fait quand un fantasme devient réalité, elle posa ses mains sur les fesses d'Antoine, plaqua ses hanches contre les siennes et l'embrassa d'abord dans le cou puis à pleine bouche et après, sans doute, ils étaient allés à son hôtel, en taxi je crois, je me suis raconté cette histoire dans ma tête tellement de fois et de tellement de manières différentes, en plus c'était il y a longtemps, presque deux ans, j'ai déjà du mal à me rappeler avec précision l'été dernier, l'été du départ de Clara, j'ai l'air d'un idiot sans doute à parler comme ça de tout ce que j'oublie mais c'est vraiment désolant, tous les gens, les lieux qu'on aime et qui s'évanouissent, et tout ce qu'on déteste et qui reste dans la tête comme une cicatrice.

Serena coucha à l'hôtel avec lui, je ne me risquerai à aucune autre affirmation aussi tranchée mais ça j'en suis sûr, c'était une pension en fait, un peu miteuse, El Jardín de las fresas, avec un très vaste escalier qui donnait sur le hall et faisait penser à celui de la Villa Sousa. Je me souviens aussi que Serena était toujours dans le lit avec Antoine au milieu de la nuit quand une fête chez les voisins le réveilla, elle dormait dans ses bras malgré la chaleur, ils étaient en sueur. En se réveillant, Antoine avait pensé à Clara, peut-être avait-il rêvé d'elle, et cru une fraction de seconde qu'elle était dans la salle de bain, la lumière était allumée, il se leva pour éteindre et vérifia, en passant, que Clara n'y était pas mais c'était idiot, évidemment. Il se fit sécher quelques minutes à la fenêtre et retourna au lit.

C'est la chaleur qui, le lendemain matin, le tira du sommeil, Serena dormait toujours dans ses bras, il resta plusieurs minutes sans bouger, ne voulant pas la réveiller, ses cheveux sentaient bon. Au bout de quelques minutes, elle sursauta, releva la tête et demanda, Quelle heure est-il? il y avait un petit réveil en bakélite blanche d'une autre époque sur la table de chevet avec de gros chiffres verts, lumineux, Neuf heures vingt-trois, répondit-il, et elle, Merde, je vais être en retard! On se serait cru dans une comédie romantique, comme s'il n'y avait d'autre manière de se réveiller qu'en retard au lendemain d'une nuit d'alcool et de sexe, elle dit, J'ai une entrevue avec un gros client (cette expression lui fit penser au poisson-moine du *Jardin des délices*) à dix heures, je dois partir, il faut que je parte. C'est aussi bien comme ça, pensa Antoine. Il la regarda s'habiller avec plaisir, elle arrangeait son corsage, se replaçait les seins, c'était très excitant, Une entrevue de quoi? demanda-t-il, un peu surpris lui-même par sa propre question puisque, dans ce genre de situation, sans doute vaut-il mieux en savoir le moins possible de la vie personnelle de l'autre, autant parler de trucs sans intérêt et qu'on oublie facilement comme Kundera. La question l'étonna d'ailleurs elle aussi mais plutôt agréablement, elle sembla heureuse qu'il s'intéressât à sa vie personnelle, un petit malentendu de rien du tout, Je travaille dans une banque, dit-elle, et toi?

Moi ? Il fut encore plus surpris de son intérêt à elle pour lui que de ce curieux élan qu'il avait eu quelques secondes plus tôt, il dit, Rien, je veux dire, c'est sans intérêt, je suis traducteur mais j'en ai assez, j'aimerais faire autre chose, elle dit, Tu sais, le travail, c'est toujours pareil, on s'emmerde, il faut se dire que c'est du travail et puis c'est tout. Il trouva très sages ces paroles de Serena. Elle avait presque terminé de s'habiller, il dit, Toi tu as de la chance, tout le monde s'intéresse à l'argent, tout le monde en veut, Tu voudrais travailler dans une banque ? demanda-t-elle, Avec toi peut-être, répondit-il, elle rit, il aimait faire rire les femmes, Je pourrais te préparer ton café, ajouta-t-il, elle rit de nouveau, Je pourrais t'aider à t'habiller, et il se mit à lui caresser les seins, elle dit, Oh oui, ce serait bien, mais ne me déshabille pas. Heureusement, elle n'avait pas encore enfilé sa culotte.

Une vingtaine de minutes plus tard, Serena était prête, il lui offrit de l'accompagner jusqu'à la banque mais elle refusa, prétextant, Il faut que je me sorte cette nuit de la tête avant d'arriver au travail. Antoine se dit que son amoureux devait travailler avec elle mais n'osa pas demander à Serena si cet homme lui préparait son café, ne rien savoir de ses histoires de couple, autant ne garder de tout ça, pour elle comme pour lui, que de vagues souvenirs, et alors il pensa à Clara qu'il reverrait le lendemain. Serena se pendit à son cou et l'embrassa, puis, J'avais toujours cru que je détestais Madrid, dit-elle en souriant, et lui, Moi je ne connaissais pas Madrid, elle le regarda quelques secondes dans les yeux et l'embrassa de nouveau, il pensa qu'il était vraiment con d'être aussi romantique, mais bon, l'inspiration, ça vient quand ça vient, on ne décide pas toujours ni quoi ni avec qui. Après ce dernier baiser, elle sortit de la chambre. Il alla à la fenêtre et regarda la rue. Il la vit sortir de la pension quelques secondes plus tard et héler un taxi qui s'enfonça dans les rues de Madrid. Elle serait sûrement en retard à son rendez-vous.

Il resta à la fenêtre quelques instants, il y avait bel et bien un jardin dans la cour de la pension El Jardín de las fresas mais, de là-haut, il ne vit pas de fraises. Cela dit, si ça se trouve, ce n'était pas du tout la saison.

Il lui restait encore plusieurs heures à tuer avant de se rendre à la gare. Il n'avait pas envie de retourner au musée et, malgré la chaleur, il erra dans les jolies rues du centre, s'arrêta dans quelques bars boire des bières et lire *La valse aux adieux*, chercha sans succès ce passage sur la sensualité dont lui avait parlé Serena et oublia bêtement le livre sur une table. Puis il alla souper et, comprenant mal le menu, commanda une daurade en croûte de sel, un choix bizarre, sans doute, mais c'était franchement bon.

En s'asseyant dans le train, il trouva dans la poche de son pantalon un petit mot de Serena, J'aimerais bien te revoir, écris-moi, et il y avait une adresse courriel.

*

Ce n'est que lorsqu'il eut terminé de raconter son rêve qu'Antoine releva les yeux et constata que Susana dormait sans vergogne sur la table, la tête dans les bras. Il se leva doucement, sans bruit, sortit du café, puis de la Casa do Alentejo.

Il traversa la Baixa jusqu'à la Praça do Comércio puis prit par la Rua do Arsenal. Il suivit la Rua de São Paulo et fit quelques détours pour passer près des bars à putes. Il aimait ce quartier même si toutes les putes étaient vieilles et obèses, des putes comme des grands-mères, rassurantes, compréhensives, il trouvait réconfortant de constater que ce genre d'endroit existe, c'était en quelque sorte la garantie de ne jamais, même dans les pires conditions, se retrouver en état de complète famine sexuelle.

Quand il arriva chez Sara, il repensa à son rêve, à la tristesse qu'il avait causée à Clara, et il se dit que c'était la faute de Sara, ça n'avait évidemment aucun sens, pas tant parce qu'il s'agissait d'un rêve que parce que, dans le rêve, il n'avait pas couché avec Sara mais avec Serena, Sara était tout de même une pimbêche, c'était même peut-être à cause d'elle que Clara ne voulait pas vivre à Lisbonne, à cause de la présence de Sara, ce qui une fois de plus n'avait absolument aucun sens mais bon, on se met parfois dans la tête des idées qui détermineront sans raison valable la suite de tout, pas étonnant alors que les choses tournent si souvent au vinaigre. Il pensait à Clara, à Serena aussi, la perspective de retrouver Sara l'ennuyait profondément, d'ailleurs elle n'avait sûrement pas envie de le voir après ce qui s'était passé la veille et dont il ne se souvenait que très vaguement, mais il lui restait un malaise, ça, c'était très clair. Courage, se dit-il, et il cogna à sa porte.

Elle fut de toute évidence surprise de le voir, Qu'est-ce que tu fous là ? demanda-t-elle, J'ai perdu un truc, répondit-il, elle dit, Ta femme ? Il la trouva vraiment vache de le lui rappeler, il dit, Oui, c'est ça, ça me fait beaucoup de peine, toutes les autres femmes sont désormais pour moi totalement insignifiantes, Sara dit sans s'émouvoir, Bon, comment puis-je te venir en aide ? et lui, Tu es pressée ? je te dérange ? elle, Oui, j'ai très mal dormi, à cause des voisins et surtout de toi, Pourquoi tu dis ça ? demanda-t-il, et il était sincère, il se souvenait d'être passé la veille mais plus trop de ce qu'il avait dit ou fait, il n'était pas si soûl pourtant, lui semblait-il, Écoute, reprit Sara sans répondre à sa question, un ami passe me prendre dans quelques minutes, nous allons à Porto et je n'ai pas encore fait ma valise, qu'est-ce que tu veux, qu'est-ce que tu as perdu? il demanda, Tu reviens quand? Écoute, je suis pressée, qu'est-ce que tu cherches? Cet empressement de sa part à le mettre dehors, sans même l'avoir laissé entrer, l'amusa. Il pensa que l'homme qu'elle attendait était sans doute un nouvel amoureux et qu'elle ne voulait pas de lui dans les parages lorsque l'autre arriverait, et cela lui donnait évidemment une excellente raison de s'incruster un peu, il dit, J'ai perdu mon téléphone hier, je ne m'en suis rendu compte que ce matin, j'ai pensé que je l'avais peut-être laissé chez toi, Pourquoi tu n'as pas appelé au lieu de venir ici? demanda Sara, visiblement impatiente, J'ai perdu mon téléphone, répéta-t-il, Tu aurais pu appeler d'une cabine, argua-t-elle, Tu l'as trouvé? est-ce que je peux entrer? demanda Antoine, Non, tu n'entres pas, ton téléphone n'est pas ici, je pars pour trois semaines alors j'ai fait un grand ménage ce matin et je n'ai pas trouvé ton téléphone, maintenant, si tu veux bien m'excuser, et elle voulut refermer la porte mais il s'interposa, la bouscula un peu et entra, elle cria, Hé! connard! tu sors d'ici tout de suite ou j'appelle la police! Il entra tout de même, la police portugaise ne l'inquiétait pas vraiment, c'était pour lui un concept assez abstrait. Il n'avait toutefois pas envie de traîner là, savait qu'il ne retrouverait jamais le téléphone si Sara l'avait caché, son seul espoir était qu'il fût tombé entre les coussins du divan ou quelque chose comme ça, alors il fit rapidement le tour de l'appartement et elle le suivit à travers les pièces en lui criant dessus, Si tu ne sors pas immédiatement j'appelle la police! Il ne put jeter qu'un rapide coup d'œil mais ne vit pas le telemóvel, puis il se tourna vers elle et dit, Merci pour ton aide. Elle ne répondit pas. Il sortit.

Alors qu'il descendait l'escalier, une porte claqua. Il s'arrêta en bas dans le hall de l'immeuble et écouta quelques secondes mais n'entendit rien d'autre. Je ne la reverrai pas, pensa-t-il, tant mieux.

6

C'est à Coimbra, à la Diligência, que Clara lui avait dit un jour qu'elle ne voulait pas vivre au Portugal.

Le restaurant A Diligência était décoré comme un sous-sol de banlieue. Des murs blancs, presque fluorescents dans la noirceur de cette cave, saillaient, comme de gros tétons asymétriques, des pierres des champs laquées de noir auxquelles on se cognait ou s'appuyait pour se reposer. Tout au fond de la salle se trouvait exhibée comme un trophée une toile représentant une diligence fuyant dans le désert entre les monolithes, sur fond de coucher de soleil.

C'était la troisième ou quatrième fois qu'ils passaient leurs vacances au Portugal et jusqu'à ce jour, chaque fois qu'Antoine avait parlé de quitter Montréal pour venir vivre à Lisbonne, Clara avait dit, Oui j'aimerais ça, d'accord, ou quelque chose du genre, mais ce jour-là à Coimbra, à la Diligência et à cause d'un truc sans importance, elle avait dit, Tu vois, c'est à cause de ce genre de chose que je ne pourrais jamais vivre ici. Ce n'était qu'une histoire d'addition, le retour de cette impression somme toute normale qu'on essayait constamment de vous soutirer quelques euros de trop au restaurant, dans un taxi, une impression qui lie les touristes du monde entier. Et en l'occurrence ce n'était même pas de l'arnaque. Dans ce restaurant on jouait du fado, ils y étaient venus plusieurs fois les années précédentes, mais ce soir-là ils étaient arrivés très tard, avaient pris une bière et, après une petite demi-heure, quand ils demandèrent l'addition, le serveur dit, Dix euros, chaque spectateur devait consommer pour au moins cinq euros, il n'y avait pas de prix d'entrée. Clara vécut cela comme une injustice, elle dit, C'est la troisième fois qu'on vient dans ce pays, tu parles la langue mais on est toujours d'éternels touristes qu'on essaie d'arnaquer, je ne comprends pas comment Sara fait pour vivre comme ça, en se faisant constamment rappeler qu'elle n'est pas portugaise! C'était tout de même étrange que Clara parlât ainsi de Sara, pensa Antoine, je veux dire, avec sollicitude, mais en même temps c'était pour dire qu'elle ne la comprenait pas, alors bon, c'était dans l'ordre. Il dit, Tout ça c'est une histoire de calcul, de petite monnaie, il faut bien qu'ils vivent, ces gens, c'est la même chose partout ça n'a rien à voir avec ici, rien à voir avec le Portugal, on va prendre d'autres bières pour rentrer dans notre argent, on va être soûls et ce ne sera pas plus mal. Mais Clara était fâchée, triste, ce n'était pas la première fois qu'elle lui envoyait ce genre de signal de détresse lorsque revenait sur le tapis le rêve d'Antoine d'immigrer au Portugal, mais une fois de plus il éluda le problème, dit, Moi j'ai encore plus de mal à la Capella. C'était un autre endroit où on pouvait entendre du fado à Coimbra, on payait dix euros à l'entrée et cinq ou six euros par consommation, Clara dit, Au moins on sait à quoi s'attendre, Tu as raison, A Capella, c'est très prévisible, très nord-américain, on vous vole avec votre plein consentement, dit Antoine, De toute façon ce n'est pas le problème, répliqua Clara, tu ne comprends pas, je me fous des erreurs de calcul mais il fallait que je t'en parle, je ne pourrais pas passer ma vie ici, j'aurais toujours l'impression d'être en périphérie de ce qui est important pour moi. Le restaurant A Diligência était plus ou moins une cave, pensa Antoine en regardant autour de lui, un lieu où il fallait descendre, sans doute tout cela avait-il contribué à l'angoisse de Clara, il dit, Ça me rassure d'être en périphérie, d'être loin, on pense mieux, et Clara, Je ne veux pas vivre ici.

Ils avaient pourtant passé de bons moments à la Diligência, l'année précédente, par exemple, en compagnie d'Osvaldo, le propriétaire de la pension Santa Cruz où ils dormaient chaque fois qu'ils passaient par Coimbra. Osvaldo était un bavard invétéré. Lors de leur premier séjour à la pension, il les avait entretenus pendant des heures d'une foule de sujets sympathiques et inutiles comme la construction des maisons portugaises, le fromage et le beurre des Açores, le gigantesque ours végétal dans le parc près du Mondego que des voyous, à son grand désarroi, avaient incendié, et qui avait été remplacé par un gros ours vert synthétique avec des oreilles de Mickey. Clara, elle, était restée silencieuse, attentive et suspendue à ses lèvres, acquiesçant comme si elle avait tout compris mais ne comprenant rien ou presque. Après toutes ces conversations osvaldiennes, Clara et Antoine avaient développé pour lui une certaine affection et l'avaient invité à aller avec eux entendre du fado.

Lorsqu'Augusto entra à la Diligência, entre deux chansons, Osvaldo parlait de son élevage de canaris Gloucester. Il avait remporté un deuxième prix dans un concours important quelques mois plus tôt. Il leur avait montré des photos du canari vainqueur dans une cage blanche et c'est à ce moment qu'Augusto était entré et, comme il n'y avait plus vraiment de place où s'asseoir dans le restaurant, Antoine l'invita à leur table. Clara fit un immense sourire à Antoine, elle avait reconnu Augusto qui les remercia et s'assit avec eux, en face d'Antoine et dos à la table des chanteurs, il a vieilli depuis un an, pensa Antoine. Il portait une chemise Lacoste bleue et de fines moustaches bien taillées, il demanda à Antoine, É a primeira vez que vêm aqui? c'est la première fois que vous venez ici? Antoine répondit, Não, a primeira vez foi o ano passado, nous sommes venus l'an dernier et nous avons passé la soirée avec vous! Não me lembro, je ne me souviens pas, répondit Augusto, ce qui n'étonna pas vraiment Antoine, déjà l'année précédente il leur avait expliqué qu'il venait à la Diligência quatre ou cinq fois par semaine et parlait toujours avec de nouvelles personnes, souvent des touristes.

Un an plus tôt, c'est Augusto qui leur avait demandé s'il pouvait s'asseoir avec eux, il avait l'air alors beaucoup plus enjoué, il y avait beaucoup plus de monde à la Diligência, des gens qui n'écoutaient pas la musique aussi, ils étaient au fond de la salle et faisaient du tapage alors que le fado doit être écouté dans le silence, la déférence, même, leur avait dit Augusto. Entre les chansons, il leur racontait des histoires, leur parlait des gens de partout dans le monde qu'il avait rencontrés dans ce club de fado alors qu'il ne parlait que portugais et trois mots d'anglais, mais dès que la musique reprenait, il posait son index sur ses lèvres et fermait les yeux, comme lui, tout le monde se taisait, sauf le groupe de gens bruyants de la section du fond qui, malgré les chuuuuut! qui fusaient de partout, continuaient de parler fort, de crier presque. Cela dura au moins une petite heure mais, à un moment, l'un d'eux se mit à imiter la voix haut perchée de l'un des fadistas. Celui-ci interrompit sa chanson, posa sa guitare sur la table devant lui, se leva, visiblement offusqué, et retourna s'asseoir avec ses amis quelques tables plus loin. Le meneur de chant se leva alors lui aussi, il était complètement soûl mais continuait d'assurer son rôle, il dit, Basta! puis se dirigea d'un pas déterminé vers la section du fond. Le propriétaire du restaurant s'interposa mais le maître de chant ne voulut rien entendre, écarta vigoureusement le propriétaire et se mit à engueuler celui qui semblait être le meneur du groupe des chahuteurs, qui se leva. Il était très grand, faisait au moins un mètre quatre-vingt-dix, au Portugal, autant dire un géant, il portait un tee-shirt blanc et un jean, il a l'air d'un motard, se dit Antoine, croyant qu'ils allaient se battre. Il ne comprenait pas ce qu'ils disaient, mais le petit fadista soûl ne faisait certainement pas le poids, il allait se faire complètement démolir, et pourtant il engueulait vertement l'autre qui déjà faisait moins le coq, Antoine crut qu'il était en train de se laisser convaincre de fermer sa gueule, et tout à coup le fadista tourna les talons, revint vers le groupe des chanteurs et le colosse le suivit, l'air vaincu. Le fadista prit une guitare et la tendit au colosse, puis ils s'assirent et commencèrent à chanter ensemble! Pour Clara et Antoine, c'était magnifique! éviter une bagarre de cette manière était admirable! Antoine pensa que le fadista, malgré son ébriété, avait une profonde connaissance de l'âme humaine. Mais tandis que le colosse et le fadista chantaient ensemble comme s'ils étaient les meilleurs amis du monde, Augusto hochait la tête de dépit, Não é fado, ce n'est pas du fado, finit-il par dire, sur le coup Antoine et Clara ne comprirent pas pourquoi il disait cela, mais ils s'aperçurent soudain qu'ils chantaient en espagnol! Les tapageurs étaient des touristes espagnols! Durant quelques minutes, les spectateurs, comme Antoine et Clara, semblèrent apprécier leur prestation mais, après quatre ou cinq chants espagnols, certains se mirent à se plaindre et l'un d'eux, à la satisfaction d'Augusto et de plusieurs autres, ôta enfin la guitare des mains du colosse qui alla rejoindre son groupe et le vacarme recommença.

Augusto ne se rappelait rien de tout cela, pour lui c'était une soirée parmi tant d'autres à la Diligência, Encontro aqui tantas pessoas, je rencontre ici tellement de gens, c'est plus facile que de faire le tour du monde, conclut-il. Antoine pensa que, pour lui, c'était exactement le contraire, je n'ai pas la passion du pays d'où je viens, se dit-il, je préfère être ailleurs.

Le spectacle n'était pas aussi bon que l'année précédente, c'était pourtant le même chanteur qu'ils avaient vu également, toujours l'année précédente, à la Capella, avec des touristes, des Espagnols des îles

Canaries, les gens de Coimbra ne fréquentent pas vraiment A Capella, ils vont dans les restaurants, comme A Diligência.

À la Capella les musiciens s'enroulent dans des bures et jouent d'une guitare en forme de goutte d'eau, on dirait des moines. Entre deux chansons, ou peut-être lors de l'entracte, un couple vint s'asseoir à leur table, l'endroit était bondé, l'homme se mit à leur parler en anglais, Where are you from? demanda-t-il, mais Antoine eut du mal à comprendre, peut-être ne voulais-je pas comprendre, ne pas me rappeler d'où je viens, l'homme posa de nouveau sa question, il parlait vraiment très mal anglais, Clara dit, We're from Montréal, et l'autre se mit à parler de son pays, le plus merveilleux du monde, l'Espagne! en fait il ne parla que des îles Canaries, il se mit à dessiner ses îles sur un bout de papier et écrivit leurs noms, Tenerife, Isla de la Gomera, Isla de la Palma, Gran Canaria, Lanzarote, et il fit une flèche à partir de Lanzarote et écrivit, I live here, Lanzarote is the most beautiful than the world. Mais la musique recommença, alors ils eurent la décence de la fermer, ce que les Espagnols n'ont pas toujours, surtout au Portugal.

Augusto était beaucoup moins recueilli que l'année précédente, il parlait durant les chansons et racontait des histoires qu'Antoine et Clara ne comprenaient pas toujours sur le Portugal et les gens qu'il avait rencontrés à la Diligência. À un moment il se mit à parler de littérature et dit qu'il n'aimait ni Saramago ni Lobo Antunes. Je ne me rappelle plus ce que lui répliqua Osvaldo mais Augusto se fâcha, Não gosto de Lobo Antunes! on ne parle plus aujourd'hui que de Lobo Antunes et Saramago, comme s'ils avaient tout inventé, comme s'ils avaient inventé la littérature portugaise! alors que des dizaines d'autres leur sont infiniment supérieurs bien que personne ne les lise plus, que leurs livres aient disparu comme si on les avait brûlés, comme s'ils n'avaient jamais existé! je pense à Ferreira de Castro, Vittório Nemésio, le padre António Vieira, Je n'aime pas trop la religion, dit Osvaldo, Mais ça n'a rien à voir! reprit Augusto, je parle de littérature, de style! ou alors de culture, Saramago et Lobo Antunes ne parlent que de débauche et d'irréligion, de petits vieux qui couchent avec des femmes beaucoup plus jeunes qu'eux, je ne sais pas moi, il y a des problèmes criants ici dont personne ne parle, la pêche à la morue par exemple, c'est comme s'il n'y avait plus de marins au Portugal, comme si la mer s'était asséchée tout à coup, Ce ne sont pas les romanciers qui ont changé, l'interrompit Osvaldo, c'est la morue qui a disparu, Il y a encore de la morue! cria Augusto, on nous brandit le spectre de la disparition de la morue pour faire monter les prix, c'est tout! Il a vraiment vieilli, dit Clara à Antoine dans le creux de l'oreille puis, Tu imagines si tout à coup il n'y avait plus de morue au Portugal? il me semble que ça ferait un bon roman à la Saramago, du genre, Lorsqu'ils arrivèrent au marché ce jour-là, ils constatèrent qu'il n'y avait plus de morue. Ils rigolèrent un peu.

Ils étaient plutôt soûls lorsqu'ils sortirent de la Diligência. Ils marchèrent vers leur pension, toujours la même, Pensão Santa Cruz, sur la Praça 8 de Maio, la pension d'Osvaldo Sereno. En chemin, Clara dit à un moment qu'elle aimerait aller au Brésil pour ne pas passer le reste de ses jours à venir en vacances au Portugal, Tu voudrais vivre au Brésil? demanda Antoine, et elle, Non, Alors pourquoi y aller? Je ne comprends pas, dit Clara, mais il ne rajouta rien, elle finit par dire, Je pourrais vivre ici un an, peut-être deux, mais pas toute ma vie, je pourrais venir pour te faire plaisir mais ça me rendrait très malheureuse, je ne crois pas que j'y arriverais, et il lui répondit très sincèrement qu'il ne voulait pas la rendre malheureuse, et surtout pas vivre sans elle, pas même ici.

Le lendemain matin, à la pension, il mit beaucoup de temps à retrouver le telemóvel, Clara s'énervait un peu parce que c'était le téléphone de Manuel, ils empruntaient tous les étés un téléphone portable à Manuel, ce qui faisait qu'ils recevaient des appels incongrus en plein milieu de la nuit, des textos aussi, parfois incompréhensibles (Estou BEM! Je vais BIEN!), ou alors d'une évidence simpliste (Ignorância e cegueira, saber e poder, Ignorance et cécité, savoir et pouvoir), qui lui faisaient penser aux graffitis lisboètes (É aqui um labirinto, estou perdido! je suis perdu!). Après avoir mis la chambre sens dessus dessous, Clara dit, Merde! tu n'aurais pas pu faire attention! ce téléphone ne nous appartient pas, elle paniquait, qu'est-ce qu'on va faire? Antoine dit, Clara, c'est un téléphone à trente euros, je suis sûr que Manuel s'en fout complètement, on lui en achètera un autre, c'est tout, Mais il nous l'a prêté! dit Clara, il avait confiance en nous et nous avons perdu son téléphone!

Ils s'apprêtaient à quitter la pension lorsqu'Antoine, en cherchant la clé de leur chambre, retrouva le telemóvel au fond de son sac.

*

Après avoir quitté Sara, Antoine descendit dans la Baixa et alla directement à la Rua das Portas de Santo Antão, les terrasses étaient pleines de touristes, il entra à la Casa do Alentejo, monta dans la grande salle et trouva Susana endormie dans un grand fauteuil à oreilles. Il la réveilla en lui caressant doucement l'épaule, Tu as faim? demanda-t-il, Tu as été parti des heures! le gronda-t-elle en s'étirant, je meurs de faim, Tu veux manger ici? demanda Antoine, On pourrait aller manger du poulet au Bom Jardim, c'est juste en face, C'est un resto à touristes, dit Antoine, Mais non, si on n'est pas des touristes ce n'est pas un resto à touristes, répliqua Susana en lui tapotant la main. Elle se leva et l'entraîna dans l'escalier.

La terrasse du Bom Jardim était pleine mais il y avait de la place à l'intérieur, on leur indiqua une table. Le serveur sentait l'alcool et la transpiration, c'était un homme d'une soixantaine d'années, il avait l'œil vitreux et un goitre d'oiseau exotique, des lunettes de corne sautillant sur son nez rouge et crevassé de poivrot. Susana commanda une bouteille de vinho verde rouge et du poulet, Antoine, des sardines. Tu es con, dit Susana après que le serveur les eut quittés, ici il faut manger du poulet, c'est un restaurant de poulet, J'ai envie de poisson, dit Antoine, Tu es con, répéta Susana, tant pis.

Antoine était déjà venu dans ce restaurant avec Clara, il s'en souvint à cause du serveur qui lui rappelait un chauffeur de taxi qui les avait conduits, avec Clara et Manuel, dans le Bairro Alto. Au moment où le serveur apporta à leur table la bouteille de vinho verde, il revit très clairement dans sa tête le chauffeur qui avait dans le cou, du côté droit, un énome kyste de la grosseur d'une balle de golf. Le taxi descendait à toute vitesse les rues étroites de l'Alfama, il n'y avait pas de ceintures sur le siège arrière (Manuel était assis devant) et alors que le chauffeur négociait à toute vitesse le virage à quatre-vingt-dix degrés de la Rua das Escolas Gerais, un homme obèse sortit d'une taverne et se jeta littéralement devant la voiture, le chauffeur dut donner un coup de volant, frôlant l'obèse qui sembla ne s'apercevoir de rien et continua sa route en titubant plus ou moins, bousculant un serveur qui passait près d'eux avec des plats et dut prendre appui sur Antoine qui fut lui-même alors projeté sur Susana, elle dit, Eh! Don Juan! qu'est-ce que tu fais avec une main sur mon sein? C'est le gros, là, qui m'a bousculé, répondit Antoine, Tu pourrais au moins me regarder, reprit Susana en enlevant la main d'Antoine de sa cuisse, elle s'était d'abord posée sur son sein deux secondes puis avait aussitôt glissé vers sa cuisse, Si tu veux me tripoter, c'est la moindre des politesses, conclut-elle, Désolé, dit Antoine, je regardais la gorge pélicanesque du serveur de Bom Jardim, qui lui avait rappelé la physionomie du chauffeur de taxi et se trouvait en ce moment en train d'essuyer des assiettes devant le passe-plat, tandis qu'un cuisinier remplissait à ras bord un très grand verre de vin blanc que le serveur engloutit d'un trait, avec calme et constance, trois cents millilitres de vin blanc en huit secondes, même Susana était impressionnée, Mais ce genre d'ivrognerie est fréquente à Lisbonne, précisa-t-elle, fréquente dans la Rua das Portas de Santo Antão. Or la scène rappela à Antoine, sans doute par association d'idées, qu'il était sûrement passé la veille par la Ginjinha Sem Rival où abondent poivrots en tous genres, Après le poulet, dit-il alors, il faudra aller rendre visite à monsieur Coelho chez Sem Rival, Dis donc, tu as le coude léger, mon petit Antoine, se moqua Susana, Ce n'est pas pour boire, il faut que je lui parle du telemóvel, Et en prenant le digestif, reprit Susana, on fera d'une pierre deux coups, pas vrai ? Je ne sais pas ce que j'ai, dit-il, je n'ai bu que quelques gorgées de vin et je suis déjà étourdi, Si ça se trouve tu n'as pas encore dessoûlé d'hier, dit Susana. Antoine ne répondit pas mais ça avait un certain sens. Revenant sans doute des toilettes, l'homme obèse passa de nouveau près d'eux et encore une fois bouscula Antoine qui s'apprêtait à boire et renversa du vin sur sa chemise, Ce que tu es maladroit, s'exclama Susana, Mais c'est encore le gros puant qui m'a poussé ! dit Antoine. Il avait une grosse tache rouge sur la poitrine. Il alla aux toilettes et tenta tant bien que mal de nettoyer sa chemise avec de l'eau et du savon pour les mains mais n'y parvint que partiellement, il lui restait sur la poitrine une ombre rosâtre. Lorsqu'il revint à la table, le poulet et les sardines avaient été servis, Susana ne l'avait pas attendu, elle avait déjà commencé à manger, C'est bon, c'est du bon poulet, on reprend du vin ? dit-elle en brandissant devant le visage d'Antoine la bouteille vide, C'est du vinho verde, ajouta-t-elle, ça ne soûle pas, Ok, dit Antoine, puis il resta quelques instants à regarder ses sardines sans y toucher, Susana dit, Tu leur parles ou tu les manges? Antoine pensa que ce devait être une espèce de dicton populaire, les Portugais ont des expressions pour toutes les situations.

Lorsqu'ils eurent fini de manger, en se dirigeant vers la sortie, ils croisèrent de nouveau l'obèse puant, il ne regardait pas où il allait, fonçait droit sur Susana qui, pour l'éviter, se plaqua tout contre Antoine et le prit à bras-le-corps, il avait le nez dans ses cheveux, elle sentait les fruits, Qu'est-ce que tu fais à sentir mes cheveux, Don Juan? lui demanda-t-elle alors qu'elle le tenait toujours enlacé, C'est toi qui m'as sauté dessus, répondit-il en laissant son nez dans ses cheveux et, au moment où il allait l'embrasser dans le cou, elle se dégagea et se sauva vers la sortie.

Il la rejoignit dehors, elle marchait vers la Rua das Portas de Santo Antão, il dit, Tu vas où? Chez Sem Rival, répondit-elle, tu as dit qu'il fallait aller chez Sem Rival, je t'écoute, moi, Don Juan.

*

En entrant dans la Rua das Portas de Santo Antão, il s'était senti à la fois très libre et très seul, deux états d'âme qui le portaient à boire. Je prends une ginja et après, peut-être, je téléphonerai à Costa, se dit-il.

Sem Rival, ce n'est pas un bar, à peine un comptoir dans une pièce minuscule où peuvent s'entasser les uns sur les autres une dizaine de buveurs. On peut également boire dehors, sur la place, dans un verre en plastique, mais Antoine préférait rester à l'intérieur comme les habitués, avec un vrai verre. Il pouvait ainsi discuter un peu avec monsieur Coelho.

Il y avait beaucoup de monde ce jour-là chez Sem Rival, des gens qui parlaient fort, des Espagnols. Ils étaient quatre ou cinq dont deux étaient accoudés au bar. Antoine dut les contourner, il dit, Bonjour monsieur Coelho, ce dernier lui serra la main et sembla un peu surpris de le voir, Je pensais que vous rentriez chez vous aujourd'hui! dit-il, J'ai décidé de ne pas rentrer, expliqua Antoine, Vous êtes seul? votre femme n'est pas là? demanda monsieur Coelho, Non, elle n'est pas là, elle est rentrée, je vous annonce, monsieur Coelho, que j'ai décidé d'immigrer au Portugal, c'était beaucoup plus simple que de me mettre à importer de la ginja! Monsieur Coelho rit un peu, par politesse sans doute, mais ne dit rien, Antoine reprit, D'ailleurs, si vous avez du boulot pour moi, j'aimerais bien travailler ici, Je ne suis pas le patron, répondit monsieur Coelho, mais je sais qu'il n'y a pas de travail, il y a Rui et moi, nous sommes les seuls, Je m'en doutais mais je proposais comme ça, monsieur Coelho n'ajouta rien. Antoine commanda une ginja sans fruits et pensa que Costa ne serait pas content de le voir arriver ivre à leur rendez-vous, mais en même temps il se dit que, si Clara ne revenait pas (il eut pendant quelques secondes la certitude qu'elle l'avait quitté définitivement), il n'avait aucune raison de trouver immédiatement du travail, pas aujourd'hui en tout cas, pas absolument aujourd'hui, Clara ne reviendrait pas avant quelques semaines au moins (sa première certitude, il l'avait déjà complètement oubliée), le travail pouvait attendre encore quelques jours, il cala sa ginja et dit, Encore une s'il vous plaît, para esquecer, pour oublier.

Pour boire son deuxième verre, il s'était retiré dans un coin mais ce n'était qu'une façon de parler, on ne pouvait dans cet endroit se retirer vraiment à moins de sortir et même encore, les gens qui buvaient dans la rue restaient là autour, devant l'établissement ou un peu plus loin vers le Rossio, mais bref il s'était planté dans un coin et les Espagnols étaient revenus près du bar et commandaient d'autres verres. Il y avait avec eux un petit vieux qu'Antoine avait vu souvent dans le quartier, un poivrot à qui il manquait la moitié des dents, comme s'il n'avait porté que la moitié gauche de ses deux dentiers, il était soûl et chantait pour que les Espagnols lui paient des verres. L'un d'eux parlait très bien portugais, ou alors peut-être était-ce un Portugais qui parlait espagnol, mais bon, les Espagnols commençaient eux aussi à être soûls, monsieur Coelho dit,

Attention, c'est traître, ça frappe d'un coup, mais les autres s'en moquaient, ils riaient et parlaient fort. Monsieur Coelho surveillait ça d'un œil inquiet mais habitué, bien que ce genre d'atmosphère joyeuse et bruyante fût assez inhabituelle en ce lieu. Quand les Espagnols se mirent à payer des verres au petit vieux pour se foutre de sa gueule, Antoine se sentit profondément dégoûté, il dit à monsieur Coelho, Je m'en vais, une dernière s'il vous plaît, pour la route. Monsieur Coelho le servit dans un verre en plastique, Antoine le remercia et sortit.

Il alla sur le Largo de São Domingos et s'assit par terre près d'un groupe de vieux Africains en djellabas qui mangeaient des pâtés dans des sacs en papier. Devant lui, assise contre un mur, il vit une grosse femme noire, fellinienne, qu'il avait souvent croisée près de la Praça de Camões mais jamais ici, sur le Rossio, elle mendiait accroupie sur le pas d'une porte et, dans cette position, ses énormes seins se confondaient avec ses énormes cuisses, elle tendait la main devant elle, silencieuse et douce comme un fantôme, ses lèvres bougeaient mais aucun son n'en sortait, Antoine pensa aux balbutiements de Ciro, elle était touchante. Les Espagnols soûls de chez Sem Rival s'étaient eux aussi retrouvés sur le Largo de São Domingos et rassemblés autour d'elle, ils lui parlaient, lui posaient des questions qu'Antoine n'entendit pas et

auxquelles la femme répondit par des sourires inno-
cents, et eux s'esclaffaient, n'attendaient même pas
qu'elle réponde pour se fendre la gueule, posaient une
question et se tordaient aussitôt de rire. Le vieillard
édenté se trouvait un peu plus loin et parlait avec un
sikh enturbanné qui vendait des petits chiens mécaniques en peluche qui jappent, en fait il parlait tout seul,
le sikh avait l'air dégoûté et ne lui répondait pas, ne le
regardait même pas.

Sur le Largo de São Domingos il y a toujours beaucoup de bruit et de gens. Antoine pensa que, dans
n'importe quelle autre ville, ce serait un lieu inquié-
tant, un lieu à fuir, mais ici, malgré parfois une certaine tristesse, une certaine affliction sur le visage des
clochards, des Africains désœuvrés, il était tranquille,
rien ne pouvait l'atteindre.

*

Quand il arriva chez Sem Rival avec Susana, monsieur
Coelho était à la porte et discutait avec un habitué,
Susana dit, On va boire dehors, et lui, Non, je dois
parler à monsieur Coelho, et de toute façon c'est
mieux à l'intérieur, Je ne comprends pas, dit Susana,
ça n'a rien d'agréable d'être entassé sur tous ces vieux
qui parfois même puent, je déteste les gens qui puent,
On boit à l'intérieur, de toute façon il n'y a personne,

conclut Antoine en serrant la main de monsieur Coelho, il dit, Deux avec des fruits (Clara prenait toujours avec les fruits). Dès qu'ils eurent été servis, l'habitué qui entretemps s'était accoudé au comptoir dit à monsieur Coelho, Só é um sonho mas é engraçado, não é? porque tem sentido! ce n'est qu'un rêve mais c'est drôle parce que ça a du sens! monsieur Coelho acquiesça. Cette évocation du rêve d'un autre ramena Serena à l'esprit d'Antoine, Sara aussi, une fraction de seconde, et cela le troubla, pourquoi Sara lui revenait-elle ainsi dans la tête? se confondait avec Serena, Clara, s'interposait entre Serena et lui et Clara, Eh! dis donc, tu pourrais me parler un peu, dit Susana, le sortant de ses pensées, je suis ici pour te faire plaisir et tu ne me parles même pas! Elle cala sa ginja et dit, Allez, monsieur Coelho, deux autres, pour oublier, sem frutos, ajouta-t-elle. Oublier tout ça, pensa Antoine, ne penser qu'à Clara, ne pas oublier Clara. Monsieur Coelho dit, C'est traître, vous savez, buvez lentement, hier un touriste espagnol s'est endormi de l'autre côté de la rue, il a dormi là pendant au moins deux heures, il avait acheté deux ou trois bouteilles avec ses amis, je n'ai aucune idée de ce qui leur est arrivé, mais le pauvre a dormi par terre, là en face, et quand le gardien de sécurité de la boutique d'artisanat est venu le réveiller, il a eu l'air très surpris, il ne comprenait visiblement pas ce qu'il faisait là, je crois que dans son sommeil il avait même oublié qu'il était à Lisbonne, Monsieur Coelho, dit alors Antoine, j'ai perdu hier mon telemóvel, vous ne l'auriez pas retrouvé par hasard? je suis venu ici hier, non? Il me semble, dit monsieur Coelho, mais il passe ici beaucoup de monde, Je pense que je suis venu, en tout cas, avez-vous trouvé un petit telemóvel noir? Monsieur Coelho se pencha pour regarder sous le comptoir, se releva et dit, Désolé, pas de telemóvel, Ne t'inquiète pas, on va le retrouver ton telemóvel, dit Susana, allez Antoine! du nerf! senhor Coelho, deux autres, sans fruits, ça fait plus de liquide!

Ils commençaient à être soûls, Susana demanda, C'était quoi le rêve du type moustachu? tu as compris? Non, répondit Antoine, Je veux savoir, dit-elle, demande-lui, Demande-lui, toi, dit Antoine, et elle, Je suis timide, Antoine rit, Je ne te crois pas, dit-il en regardant autour de lui, mais il ne vit pas le moustachu, Il est parti! dit-il alors, et Susana, Ah non! merde! il est où? il faut le retrouver, allez! elle cala sa ginja, On retrouve le moustachu! viens! et elle sortit dans la Rua das Portas de Santo Antão, elle courait presque.

*

Il avait fini depuis quelques minutes son dernier verre, la ginja tapait ferme, il avait encore dans sa main le petit godet de plastique, les Espagnols avaient laissé la grosse femme noire tranquille, ils s'étaient rassemblés autour du sikh qui vendait des petits chiens mécaniques en peluche qui jappent, ils criaient presque, le sikh leur dit, Leave me in peace, I'm trying to do business here, ils se mirent à rire très fort et l'un d'eux demanda, How much for your fucking dog? Five euros, répondit le sikh, Here's ten, il mit dans la main du sikh un billet chiffonné, prit son élan et botta de toutes ses forces le petit chien avec lequel le sikh faisait sa démonstration, puis dit, Here's what I think of you and your stupid business, fucking turban! et ils rirent comme des gros cons, le sikh ne répliqua pas, il remballa ses petits chiens et s'en alla.

Antoine s'était assis par terre en face de chez Sem Rival, le soleil tapait fort. Il se rappela qu'un jour il avait vu avec Clara un touriste endormi à l'endroit même où il se trouvait, il s'était soûlé la gueule et effondré là au soleil. Clara et lui avaient vu ce type endormi alors qu'ils discutaient avec un monsieur à la moustache chenue, un professeur d'histoire qu'ils voyaient parfois chez Sem Rival, Ils viennent faire la fête et se soûlent comme des cochons, avait-il dit, on voit ça tous les soirs ici, mais en plein cœur de l'après-midi, c'est plus rare. Quelqu'un avait fini par le réveiller et il avait eu l'air très surpris, l'air de ne pas savoir du tout où il était, il s'était relevé brusquement, avait titubé quelques secondes et s'était pour ainsi dire sauvé vers le Rossio. En pensant à ce pauvre type, Antoine se dit qu'il valait peut-être mieux rentrer faire un somme, ne pas m'endormir ici, d'abord et avant tout, ne pas m'endormir ici.

Il se leva et marcha rapidement dans la Rua de Barros Queirós jusqu'à la Praça Martim Moniz qu'il traversa, il longea ensuite la Rua da Mouraria et entreprit de monter la Rua dos Cavaleiros en contournant les petites vieilles et en évitant les merdes de chien, il avait la mauvaise habitude de se promener le nez en l'air, il fallait faire attention, il sentait déjà l'alcool, il ne voulait pas en plus sentir la merde, n'aspirait aucunement à la clochardise, il avait encore en tête l'image du touriste endormi au soleil, de la felinienne mendiante aussi, d'abord éviter les merdes de chien, pensat-il, ensuite piquer un bon roupillon dans mon lit et finalement trouver du travail, rencontrer Costa. Il y avait dans la Rua dos Cavaleiros plusieurs immeubles en ruine dont certains avaient dû être très beaux, aux balcons de fer ouvragé ou recouverts d'azulejos dont ceux à hauteur d'homme avaient été arrachés par des vandales ou des antiquaires, les murs barbouillés de graffitis le plus souvent idiots (O sistema é uma ficção criada pelo homem, Le système est une fiction créée par l'homme), parfois empreints d'un charme surrané, soixante-quatorzard (Os ricos com médicos privados, aux riches les médecins privés, e os pobres privados de médico, et les pauvres privés de médecin), de tous ces immeubles abandonnés on ne préservait que les façades parce que les Portugais, selon Manuel, ne voulaient plus habiter ces vieilles maisons, préféraient aller vivre dans des immeubles carrés et anodins de Benfica ou Olivais, les riches achètent des appartements de prestige à Oriente et laissent les vieux quartiers à l'abandon, et un jour les vieux qui les habitent mourront et des Américains ou des Hollandais ou des Japonais s'approprieront tous les immeubles du Bairro Alto, d'Anjos, de la Baixa, la Graça, la Pena, la Mouraria, la Bica, qui perdront leur âme si ce n'est déjà fait, et alors les Portugais s'insurgeront, pousseront les hauts cris mais ne feront rien parce que, quand on en est là, qu'est-ce qu'on peut faire? qu'est-ce qu'on peut faire d'autre qu'avoir la saudade et chanter des fados des vieux quartiers? Si on attend que les maisons s'effondrent, il n'y a rien à faire, mais ça, personne ne le comprend, pas plus à Lisbonne qu'ailleurs, et alors j'ai pensé, mais si tout est partout pareil, qu'est-ce que je fais ici? mais non mais non, mais non tout n'est pas pareil partout, ici il y a le Rossio, le Miradouro da Graça, la Rua das Portas de Santo Antão, à Montréal il y a Clara, c'est tout, mais est-ce que ça se compare? une personne, l'amour qu'on a pour une personne et des vieilles pierres? parce qu'à Montréal il n'y a rien, que du béton, c'est l'esprit qui est en ruine à Montréal, ce sont les ruines de l'esprit que l'on préserve, tout ne s'équivaut pas, n'est pas pareil, à Montréal il y a Clara et pas ici, ici il y a Sara, putain de bordel qu'est-ce qu'on en a à foutre de Sara ? pris avec Sara alors que je ne veux que Clara, ce qui empêche la fuite, la solitude et le silence, c'est l'amour, et alors il pensa un tout petit peu à Serena et se dit, Est-ce qu'il faut vraiment passer par tout ça pour supporter l'ennui qu'on traîne de sa propre vie ? aller jusqu'à perdre ce qu'on aime pour comprendre qui on est, pour vivre juste un peu comme on croit qu'il faut vivre ?

Il s'assit sur le trottoir et regarda autour de lui, Mieux vaut la ruine ici que là-bas, mieux vaut la ruine ici qu'ailleurs, il y a ici quelque chose à reconstruire, pensa-t-il confusément, mais pas avec Costa, trop tard pour Costa, il se dit que Costa allait sûrement lui proposer d'enseigner le français ou de travailler dans un bureau ou quelque chose comme ça ou même pour le Partido Social Democrata et qu'est-ce que le PSD et le Partido Socialista et tous ces connards avaient fait contre les ruines ? Obra a obra Lisboa melhora, pouvait-on lire partout, De travaux en travaux Lisbonne s'améliore, tous les immeubles en ruine placardés de ce genre de slogan mais partout des ruines ! Pas question de travailler pour les connards, j'ai fait ça toute ma vie, ne pas replonger là-dedans, si je veux vivre ici, si je vais jusqu'à me séparer de Clara, c'est pour changer de vie, changer de métier, apprendre je ne sais pas encore quoi mais la politique est une chose horrible, il ne faut pas aider les politiciens, même pour de l'argent ne pas aider Costa, je dois moi-même inventer quelque chose ici, trouver quelque chose qui n'a rien à voir avec ce que je faisais avant, garder l'esprit libre, pas de politique, pas de traduction, pas de bureau, je pourrais vendre des trucs, des chaussures, des journaux même, ou travailler dans une librairie, vendre c'est dégueulasse mais ça laisse l'esprit libre pour inventer, c'est facile de vendre sans penser, sans se préoccuper, Costa ne peut pas m'aider, se dit Antoine, il ne peut trouver pour moi que des moyens de l'aider à continuer la bêtise ambiante, éduquer les gens à la bêtise, les réduire à la bêtise, pensa-t-il, et il décida qu'il n'irait pas rencontrer Costa, de toute façon il ne l'avait même pas appelé et il était sûrement en retard maintenant, il était tard, il était soûl, il fallait bien l'admettre, je suis en plein marasme émotionnel et professionnel, pensa-t-il, je pourrai dire ça à Costa s'il m'appelle, s'il me pose des questions.

Il y avait tout près de lui, à un mètre sur sa droite, un petit chien piteux qui dormait au pied d'un arbre à côté d'une bouteille de bière vide, la Rua dos Cavaleiros était dans un état déplorable de malpropreté, des déchets partout, des merdes de chien, plus bas, dans la Rua da Mouraria, c'était la même chose, une indéfectible odeur de pisse tous les matins, une pancarte disait, Não deixe morrer a Mouraria, ne laissez pas mourir le quartier des Maures, c'était un slogan publicitaire du Partido Comunista Português, le PCP, qui est aussi une drogue pour endormir les chevaux (phencyclidine) ou les humains (angel dust), et devant lui, tout à coup, il vit Ciro, de l'autre côté de la rue, les gens qui prennent du PCP se jettent du haut des immeubles ou en bas des ponts, pensa-t-il, anges ou fantômes, je délire, il était vraiment soûl, Ciro tenait une canette de bière et avait les cheveux rasés, c'était curieux, la veille je l'avais vu avec ses longs cheveux sales et c'était aujourd'hui la première fois que je le voyais boire de l'alcool, d'habitude il buvait du lait dans un carton et avait les lèvres blanches, pas normal, il aurait voulu se coucher là, sur le trottoir, et dormir, mais non, du nerf Antoine! pensa-t-il, il me faut aspirer au silence, pas tant au silence de l'autre parce qu'il faut écouter les histoires des autres même dans les moments les plus désagréables, plutôt aspiration au mutisme, me rappeler d'écouter les petites histoires des autres, se disait-il souvent, c'est le premier pas vers la solitude, parler donne l'impression de faire partie du monde, je dois regarder le monde en spectateur, observer la dimension fantastique du quotidien, observer Ciro, il vaut vraiment mieux aller prendre un autre verre que de se rendre à ce rendez-vous avec Costa, malgré sa grande gentillesse et son évidente volonté de l'aider, Costa lui paraissait suspect avec son PSD, Antoine avait le sentiment qu'en lui demandant un service, il serait ensuite redevable à ces gens, un peu comme avec la mafia, et de toute façon ce n'était pas sérieux de se présenter à Costa dans son état actuel. Aller prendre un verre, je vais aller réfléchir à tout ça devant une bière, ça me fera dessoûler.

Il voulut se relever mais retomba assis par terre, il regarda le petit chien et lui dit, Persévérance! mais le petit chien ne réagit pas, alors il répéta, Perseverança! Le petit chien ne réagit pas davantage mais Antoine réussit à se lever. Il regarda autour de lui, vit Ciro qui descendait la Rua dos Cavaleiros vers la Praça Martim Moniz, je vais par là, pensa-t-il, et il se mit à marcher dans les pas de Ciro.

7

La fête continuait chez les voisins, dans le pátio, Il faut fermer la fenêtre, dit Clara, ou on ne dormira jamais, la musique est trop forte, beaucoup trop forte, trop insupportable, Mais moi, dit Antoine, je ne supporterai pas la chaleur, regarde-toi, tu es trempée de sueur, tu ne dormiras pas plus que moi, la chaleur est bien plus insupportable que la musique, mais Clara dit, La musique est beaucoup trop forte, la chaleur est moins insupportable que le bruit, il dit, D'accord, c'est bon, je ferme la fenêtre, mais laisse-moi au moins me faire sécher quelques instants.

Il se leva pour aller à la fenêtre. Sur le toit d'un petit édifice en contrebas, il aperçut des dizaines de chats qui forniquaient sous les bougainvillées, il vit aussi au loin un vol de mouettes fluorescentes dans la lumière orangée qui éclairait l'Igreja de São Vicente de Fora. Il y avait dans l'air un parfum de fleurs qui lui rappela

Coimbra, le Cap-Vert où il n'avait jamais mis les pieds, puis Clara, juste là, derrière lui.

Il retourna se coucher mais n'arriva pas à dormir. Il se releva et alla s'asseoir sur le balcon, la fête continuait. À travers la musique merdique des voisins dont la basse lui cognait dans la poitrine comme des coups de poing, l'Igreja da Graça sonna trois heures et j'entendis un fêtard qui articulait en riant une phrase que je ne compris pas mais où je distinguai clairement le mot «dormir», il trouvait sans doute très amusant que je veuille «dormir» alors qu'il était en train de faire la fête. Durant une fraction de seconde, je me dis que je préférais son monde au mien. J'étais sur la varanda, accoudé à la balustrade, et à travers son rire j'entendais l'autre me dire, Mais on ne dort pas ici, il y a beaucoup trop à tirer de la nuit ou alors il fait trop chaud et les femmes et cette odeur fleurie, toujours une bonne raison de ne pas dormir, et je crois que c'est à ce moment que je décidai que je devais vivre ici.

*

Il atterrit de nouveau sur le Rossio, il finissait toujours là, dans la Rua das Portas de Santo Antão, il entra à la Casa do Alentejo, traversa la salle mauresque et monta à l'étage, il se dit qu'il pourrait piquer un roupillon sur un sofa, il y avait souvent des vieillards assoupis dans les fauteuils en cuir devant la salle de lecture, qui laissaient défiler là leurs journées. En arrivant dans la grande salle, il constata qu'on y donnait une espèce de bal, ce n'était pourtant pas l'heure des bals, il faisait encore clair. Or c'était assez curieux mais il n'y avait que des vieux, même les musiciens de l'orchestre étaient vieux, plusieurs couples de vieillards dansaient, beaucoup de monde, au moins deux cents personnes, des tables remplies de bouteilles de vin et de nourriture, les petits vieux mangeaient des gâteaux. On pouvait imaginer que des bals somptueux avaient eu lieu jadis à la Casa do Alentejo, c'était un lieu pour ça, pour donner des bals, un endroit magnifique, les urinoirs y étaient grands comme des baignoires, on se servait des cabinets comme entrepôt tellement ils étaient vastes. Dans la salle de bal, des cariatides éployées et hilares soutenaient au plafond des fresques décrépites évoquant des allégories champêtres dans lesquelles des anges nus virevoltaient et des femmes lascives chevauchaient des bêtes surnaturelles autour de fontaines aux formes floues. Il y avait sur les murs de grands miroirs dont plusieurs avaient perdu leur tain, les portes-fenêtres claquaient au vent, à plusieurs il manquait des carreaux.

Il traversa la foule des petits vieux et se rendit jusqu'au café où tout se trouvait en désordre, les serveurs étaient visiblement épuisés, ils lavaient et rangeaient des verres. Antoine commanda une bière mais on lui dit que c'était fermé. Il fut déçu sur le coup mais de toute façon il y avait beaucoup trop de monde à côté, dans la grande salle, pour qu'il pût y boire sa bière en paix, il décida d'aller au café Mindelo.

Le café Mindelo était un endroit très sympathique tenu par des Capverdiens et qui se trouvait juste en face de la Casa. À l'intérieur il n'y avait qu'un comptoir, les tables se trouvaient dehors, dans la rue, et elles étaient ce jour-là toutes occupées. Il aperçut un type qu'il avait souvent vu là, il buvait du vin blanc. Antoine ne lui avait jamais parlé mais il restait sur la terrasse une seule place libre, à sa table, il lui demanda s'il pouvait s'asseoir, Faz favor, répondit l'homme avant d'ajouter en français, non sans une certaine difficulté d'élocution, Je vous en pric. Je serai toujours un touriste ici, pensa Antoine, puis l'image du petit chien dégueulasse de la Rua dos Cavaleiros lui revint en mémoire, Perseverança! il dit, É melhor falarmos em português, parlons plutôt portugais, et l'homme, Ah! 'tá bem, d'accord, Antoine continua, Je vous remercie de m'accueillir à votre table, j'aime bien ce lieu mais c'est toujours bondé, C'est vrai, dit l'homme, En fait, reprit Antoine, je dois avouer que je n'avais pas très envie de me retrouver seul, aujourd'hui est un mauvais jour. L'homme ne répondit pas, s'alluma une cigarette alors qu'arrivait le serveur pour prendre leur commande. Antoine demanda uma imperial, une bière, et l'homme, un autre verre de blanc. Le serveur revint quelques instants plus tard avec les consommations et ils restèrent là de longues minutes en silence, à regarder les gens défiler dans la Rua das Portas de Santo Antão.

Finalement, alors qu'Antoine finissait son impériale, l'homme dit, Vous êtes ici en vacances? Non, répondit Antoine, je vis ici, je suis immigrant, je cherche du travail, Beaucoup de gens ici cherchent du travail, répondit l'homme, et quand ils en trouvent leur vie n'est pas toujours meilleure et en plus leur travail les emmerde, Pas le choix de travailler, dit Antoine, l'homme fit une petite moue et dit, Tous à travailler toute la vie, dans les champs, sur la mer, à l'usine, au bureau de tabac, et ce travail de toute la vie, il rapporte quoi? Pas des voitures, des yachts ou des serviteurs, ni des toiles de maîtres ou des tapisseries sur les murs, ni des céramiques de Coimbra ou des bijoux, alors à quoi dépense-t-on ce qu'on gagne durant toute la vie? aux tristes haillons avec lesquels on sort dans la rue, et pour cela seulement on se tue à petit feu chaque jour de sa vie, à travailler. Il y eut un silence, Et vous, vous faites quoi? reprit Antoine, Moi je ne fais rien, répondit l'homme, Vous êtes au chômage vous aussi? Non, je travaille, un petit boulot par-ci par-là, pour survivre, mais je ne fais rien de constructif, je ne fais rien de ma vie, apalpo o vidro, je palpe le verre, conclut-il en tapotant son verre de vin.

Il semblait un peu triste mais n'avait pas encore l'air d'un poivrot, il portait une chemise blanche, immaculée, sur laquelle pendait une petite croix rouge qu'il avait au cou, il devait être âgé d'une quarantaine d'années, peut-être quarante-cinq, il avait les dents jaunies par la cigarette, l'air un peu ravagé par l'alcool. Il conservait toutefois une allure grave et fière, parlait très bien, entrecoupait parfois ses phrases de longues pauses mais ne donnait jamais l'impression de ne pas savoir quoi dire, il réfléchissait, c'était un homme intelligent, ça se voyait au premier coup d'œil, je crois qu'il buvait pour compenser un excès de lucidité. Alors vous êtes immigrant, dit José (il s'appelait José, je ne me rappelle plus comment je l'ai appris), Oui, dit Antoine, Et quel genre de travail cherchez-vous? Je ne sais pas, répondit Antoine, Que faisiez-vous là-bas, en France? Je ne suis pas français, je suis québécois, Ah! vous devez avoir chaud ici, Non, on est bien ici, Et que faisiez-vous là-bas? Un peu comme vous, dit Antoine, rien de constructif, Vous aviez un métier? J'étais traducteur, De portugais? Non, C'est ce que vous voulez faire ici, de la traduction? Non, c'est terminé pour moi, José ne commenta pas, prit une gorgée de vin. Après quelques instants de silence, il demanda, Et qu'est-ce que vous allez faire maintenant? Je pense que je vais prendre une autre bière, répondit Antoine, Non, je veux dire, pour le travail ? Je ne sais pas, dit Antoine, il faut que j'y pense encore, Vous aimez le grog ? demanda José, c'est de l'eau-de-vie de canne à sucre, Oui, répondit Antoine, Alors je vous paie un verre, il faut toujours inviter les immigrants.

La première fois qu'Antoine avait bu du grog, c'était deux ou trois ans plus tôt, au Restaurante Estrela Morena, près de São Bento. Clara et Antoine s'étaient retrouvés là avec Manuel, João et Joaquim, deux amis capverdiens, deux frères, qui les y avaient amenés. Ils avaient toute la soirée bu du grog en mangeant de la cachupa, Joaquim avait joué du cavaquinho avec le groupe de musiciens, au Cabo Verde, on a réussi à faire quelque chose de cet horrible instrument. Tous les vendredis, au Restaurante Estrela Morena, c'était comme une fête de famille, Joaquim et João connaissaient tout le monde, ils y allaient depuis qu'ils étaient enfants. À la table devant eux, tout juste devant Antoine, une des femmes l'avait regardé plusieurs fois et il s'en était trouvé très excité, elle avait dans les yeux quelque chose de très sensuel, je ne sais pas pourquoi je pense à ça maintenant, à la Casa do Alentejo alors que j'écris ces lignes, au regard de cette femme, à quelques tables de moi il y a un type qui lit à ses amis un livre, je n'arrive pas à voir le titre mais j'entends clairement sa voix, Quantos, na nau da Sensualidade, combien d'entre eux, dans la nef de la Sensualité, que sempre navega com cerração, qui toujours navigue dans le brouillard, sans le soleil le jour ou les étoiles la nuit, estrelas de noite, bernés par le chant des sirènes et se laissant porter par le courant, s'iraient perdre en aveugles, se iriam perder cegamente, entendre les sirènes et devenir aveugle. Clara était assise juste à côté de moi à l'Estrela Morena et la jolie Caboverdiana tenait la main de son amoureux qui faisait dos à Antoine, il s'était tout de même imaginé faisant l'amour avec elle dans des positions compliquées. Quand ces gens quittèrent le resto, la femme passa tout près d'Antoine et il put sentir son parfum, les odeurs font partie des souvenirs les mieux enfouis, je me rappelle toujours cette femme après deux ans mais pas son parfum, pensa Antoine alors que Clay, le serveur du Café Mindelo, revenait avec les grogs, et sans doute bientôt l'image de la femme s'évanouira elle aussi jusqu'à ce qu'une autre vienne réveiller son souvenir et alors je ne pourrai plus les dissocier, il me sera impossible de penser à la nouvelle sans revoir dans ma tête l'ancienne et c'est parfois merveilleux, cette jolie Caboverdiana, si je la retrouve un jour chez une autre, me troublera toujours et en plus il y aura toujours avec son souvenir l'ivresse du grog, Saúde, dit José en levant son verre, Saúde, dit Antoine, mais d'autres fois c'est une horreur, d'autres fois il n'y a pas moyen de se débarrasser des souvenirs anciens même dans le bonheur d'aujourd'hui, qui reviennent comme des fantômes, pas seulement dans les odeurs, parfois dans le timbre d'une voix ou la courbe d'un sourire, le galbe d'un sein ou d'un cul, c'est une vraie plaie pour moi de revoir Clara à travers Sara, je ne dois plus revoir Sara, rayer Sara de mon futur ici à Lisbonne et chérir le souvenir de Clara et l'espoir qu'elle reviendra même si je sais que ce n'est plus possible, que je ne pourrai la retrouver ici désormais qu'à travers les autres, peut-être est-ce pour cela que je reviens toujours ici, à la Casa do Alentejo de Lisboa, parce qu'elle porte le même nom que la Casa do Alentejo de Montréal, rue Saint-Hubert, où sans doute Clara va toujours, parfois, à moins qu'elle ait décidé de m'oublier complètement et le Portugal aussi et que pour cela elle ne veuille plus y retourner mais cela me semble impossible, peut-être en ce moment même, alors que je me trouve à la Casa do Alentejo, Clara s'y trouve-t-elle également. Il m'est arrivé quelquefois de lui envoyer des cartes postales de lieux où nous étions allés ensemble, c'était très sentimental et idiot, peut-être cruel également, je ne sais pas, des cartes postales plutôt que des lettres, c'est peut-être ce qui l'a convaincue de ne jamais me répondre, on ne répond pas aux cartes postales, seuls les gens qui changent constamment de lieu écrivent des cartes postales, des gens qui ne veulent pas qu'on les retrouve, on écrit des cartes postales pour avoir la paix, au fond, surtout en vacances, on pense aux gens mais on ne veut rien savoir d'eux, pas de nouvelles bonnes nouvelles, comme on dit, on ne met jamais d'adresse de retour sur une carte, et comme tout le monde peut la lire on n'y écrit plus ou moins que des banalités. Clara ne m'a jamais répondu même lorsqu'elle savait où j'habitais, quand j'étais toujours dans l'appartement de Rita. Je me rappelle tous ces après-midis, ces soirées passés à la Casa do Alentejo de Lisboa à attendre Clara en écrivant et cette nuit je l'espère, je me dis qu'elle entrera bientôt dans la grande salle, me cherchant du regard, chaque fois que je suis ici, quand je vois entrer une fille blonde (elles sont rares, ici), chaque fois ce doit être elle, me dis-je, peut-être un jour mais pour l'instant, jamais. Parfois l'après-midi, quand je ne travaille pas à récurer des azulejos ou repeindre des façades, je m'assieds à la terrasse du Café Mindelo, dans la Rua das Portas de Santo Antão, devant moi s'ouvre la perspective jusqu'au Rossio qui est le centre de mon nouvel univers, et dans le sourire des femmes heureuses qui descendent la rue jusqu'à moi, je cherche le sourire de Clara.

Et qu'allez-vous faire maintenant, pour le travail? demanda José, Je ne sais pas, répondit Antoine, ça n'a pas beaucoup d'importance, un petit boulot, pour survivre, C'est ce que je fais, dit José, je survis, ça peut devenir très déprimant, parfois j'ai l'impression que je ne vis que pour regarder passer la vie à côté de moi, pour me décrire à moi-même ma propre existence qui défile dans la Rua das Portas de Santo Antão comme si j'y avais fait naufrage, Il y a de pires endroits où faire naufrage, dit Antoine, et José, Ça reste un naufrage, comment vous appelez-vous au fait ? il y a dix minutes que nous parlons et je ne connais toujours pas votre nom, Antoine, Enchanté, moi c'est José, en fait, Antoine, je vous envie, j'aimerais moi aussi changer de vie, et il se tut quelques secondes avant de reprendre, J'ai souvent rêvé de créer quelque chose, de tailler des pièces dans un atelier, par exemple, alors on sait où on s'en va, pas besoin de chercher, il suffit de connaître les gestes, après avoir terminé on se dit, Voilà, c'est fait, je viens de mettre cette pièce au monde, Ce doit être très abrutissant, dit Antoine, Je ne parle pas de faire des tâches bêtes, répliqua José, je ne parle pas de produire des milliers de pièces par semaine, à la chaîne, je ne parle pas d'aliénation, je veux dire exactement l'inverse, Antoine ne comprit pas trop où José voulait en venir, celui-ci continuait, Faire une tâche précise, trouver son chemin, Je n'ai jamais entendu parler d'un ouvrier qui voyait son métier de cette manière, dit Antoine, et José, Ce n'est pas ça, je me suis mal exprimé, j'ai parlé de pièce, d'atelier, mais ce n'est pas ce que je voulais dire, je ne sais pas, fabriquer un outil, tailler la voile d'un navire, quelque chose comme ça, trouver ce qui empêche le naufrage, vous comprenez? Oui, répondit Antoine, mais non, il ne saisissait pas vraiment, Mon père était ouvrier dans une usine à Billancourt, reprit José, il s'est tué au travail, mon père a fui le Portugal à cause de l'Estado Novo de Salazar, mais c'est à Billancourt qu'il est devenu communiste, il disait, Ici les bourgeois sont pires qu'au Portugal, là-bas on ne peut rien dire, on est muselé ou battu par la PIDE, mais au moins tout le monde a de quoi manger, ici les bourgeois ont tout! requins de bourgeois qui nous saignent et nous rongent jusqu'à l'os, disait-il encore, le mal, c'est quand les hommes se mangent les uns les autres, et ce sont toujours les plus gros qui mangent les plus petits, nous devons apprendre à vivre comme des piranhas! à la fin de sa vie, il ne parlait plus à personne, je ne voudrais pas m'enfermer dans une usine, le mieux, ce serait de construire, d'élever des maisons, on peut aussi creuser des caves, ça, je ne voudrais pas, en fait je ne sais pas, j'ai dit ouvrier, ce n'est peut-être pas ça, À Porto, dit Antoine, dans les petites ruelles près des quais, il y a plusieurs ateliers délabrés, minuscules et obscurs où une seule personne peut travailler, des cordonniers, tourneurs, menuisiers, ça a l'air bien, ce genre de solitude, en travaillant on peut regarder un peu les gens passer dans la rue, Les gens vous regardent comme une bête de cirque, le coupa José, un animal en cage, et ils crient, comme ici, les gens sont gentils mais il y en a qui crient, ils se soûlent et après ils crient, c'est quelque chose qui m'exaspère. Un jour, en quittant l'Estrela Morena, Antoine s'était retrouvé, avec Joaquim, Manuel, João et Clara, dans les rues du Bairro Alto où il était difficile de circuler tellement il y avait de monde à la sortie des bars, je ne me rappelle plus exactement ce qui s'était passé mais ils avaient assisté à une dispute, un homme et une femme s'engueulaient, elle criait et lui l'avait giflée et des gens s'étaient interposés. Vous ne parlez pas beaucoup, dit José, si vous voulez nous pouvons parler français, Je ne veux plus parler français, le moins possible en tout cas, dit Antoine, C'est dommage, moi je n'ai pas souvent l'occasion, parfois j'ai peur d'oublier, moi aussi j'ai déjà été immigrant, en France justement, je vais vous raconter mon histoire d'immigration, il prit une gorgée de grog, réfléchit quelques secondes et commença.

C'était en 1969, j'avais sept ans, c'est à ce moment que j'ai compris que José était né en 1961 ou 1962, et donc qu'il avait quarante-sept ou quarante-huit ans, il faisait plus jeune que son âge, je lui aurais donné quarante-deux ou quarante-trois ans, À cette époque, continua José, c'était la dictature, les frontières étaient plus ou moins fermées, on ne pouvait pas sortir comme on voulait, on ne pouvait pas dire aux douaniers, Nous quittons le pays, nous ne reviendrons pas, ils ne nous auraient pas laissés passer, il fallait leur inventer des histoires, avec la PIDE surtout, il fallait conter de très bonnes histoires à la PIDE pour obtenir les passeports, les visas, et encore aux douanes pour traverser la frontière, à une certaine époque, le pire châtiment que l'on pouvait infliger à quelqu'un était l'exil, le bannissement, on vous disait, Tout ce que vous connaissez, tout ce que vous avez vu jusqu'à ce jour, je vous l'enlève, je vous enlève à vous-même, être un étranger pour les autres ne suffit pas, tu seras en plus étranger à toi-même, et alors on vous envoyait à l'autre bout du monde où les humains n'étaient plus des humains parce que jamais vous n'aviez imaginé qu'un homme ou une femme pût avoir cette peau, ce langage, ces gestes, mais dans les dernières années de la dictature ici c'était la misère et on se disait, mieux vaut partir, ce que je trouverai de moi là-bas, hors d'ici, vaudra forcément mieux que ce qui reste de moi ici, rien ne peut être pire que ce que je vois se détruire ici depuis quarante ans parce que rien ne change, mais évidemment la PIDE ne voyait pas les choses ainsi, alors mon père s'est inventé un frère à qui nous allions rendre visite à Badajoz, tout juste de l'autre côté de la frontière espagnole, et la police nous a crus, toute la famille est partie pour Badajoz en autobus et, de là, nous avons pris un train pour Madrid où nous avons dû passer deux jours, je ne sais plus pourquoi, je crois que je n'ai jamais su en fait, je me souviens que nous étions dans une pension horrible, ça sentait en permanence la merde, je ne sais si on faisait cuire du chou-fleur ou si ça venait des toilettes, mais mon père nous avait bien fait comprendre qu'on ne pouvait rien dire, qu'il ne fallait pas se plaindre, pas se faire remarquer, parler le moins possible et donc on ne posait pas de questions, lui, il était très nerveux, il fumait sans arrêt et sortait parfois mais, avec ma mère et ma sœur, nous devions rester dans la chambre, c'était l'hiver, il faisait épouvantablement froid, nous nous serrions les uns contre les autres mais ça ne donnait pas grand-chose, au bout de ces deux jours d'enfermement nous avons enfin pu partir pour Paris, dans le train mon père avait visiblement très peur, il essayait bien de le cacher mais ça ne fonctionnait pas, d'habitude il ne s'occupait pas de moi mais là il voulait jouer aux cartes, j'ai dû jouer toute la nuit avec lui, c'est certainement un des souvenirs les plus nets qui me restent de mon père, je ne l'ai pas connu beaucoup, là-bas en France, il travaillait dans une usine, il n'était pas souvent chez nous, il accomplissait ses tâches bêtes d'immigrant à l'usine et le reste du temps il était plutôt au café qu'à la maison, il est mort en 1975, un an après la Révolution, et alors ma mère a décidé de rentrer au Portugal, je me souviens que la ville était grise, je n'ai jamais très bien su si nous étions revenus à cause de la chute de l'Estado Novo ou de la chute du père, tout ça est tellement loin maintenant, je ne me souviens à peu près que de cette partie de cartes dans le train pour Paris, c'est probablement ce qui dans toute cette histoire a le moins d'importance et pourtant j'y ai pensé toute ma vie et je vous en parle aujourd'hui comme si c'était fondamental, mais en même temps ça avait probablement un sens, je veux dire, pour moi, ça a été à la fois la fin d'une vie et le début d'une autre, quand je parle français j'ai l'impression qu'il y a des trucs qui me reviennent en tête, pas que le train et l'exil, des souvenirs d'école par exemple, après, quand nous sommes revenus ici avec ma mère, je ne suis plus allé à l'école, je me suis mis à travailler et à boire.

José prit une dernière gorgée de vin blanc et dit, Je dois y aller, je travaille cette nuit, il faut que je dorme un peu avant, il est tard, je n'avais aucune idée de l'heure et je m'en foutais, j'étais soûl, le jour commençait à baisser mais la nuit était encore loin, la grande chaleur du milieu du jour était passée, on était bien. Vous travaillez où ? demandai-je à José en français alors qu'il se levait, mais il ne répondit pas, il avait entendu pourtant, j'en suis sûr, il revendiquait, j'imagine, son droit au silence, Antoine répéta, Onde trabalha ? et José alors répondit, Qu'est-ce que ça change ? puis il lui serra la main et s'en alla.

*

Susana sortit de chez Sem Rival en courant, je la suivis jusque sur le Rossio. Nous étions plutôt ivres. Je me souviens que, sur le Rossio, devant le Teatro Nacional Dona Maria II, il y avait un spectacle de jazz, une petite foule s'était massée devant le théâtre et le groupe de jazz devant la fontaine jouait «Four in One» de Thelonious Monk. Sur la place, je vis cette fille, petite, cheveux noirs relevés en chignon, elle me rappelait quelqu'un, elle écoutait la musique, elle était avec un homme, ils se tenaient la main, et sur le coup je pensai qu'il s'agissait de Serena, qu'elle était avec son amoureux dont elle me cachait l'existence. Je regardais Serena en me disant que ce ne pouvait pas être elle, je lui avais parlé ce matin par courriel, elle était forcément chez elle, à Salamanca, à tout le moins elle n'était pas au Portugal, elle le lui aurait dit puisqu'elle savait qu'il y était, mais le savait-elle, en fait? le lui avait-il dit? je n'en étais tout à coup plus si sûr, je regardais Serena avec son amoureux sur les marches du théâtre national, je ne l'avais pas revue depuis Madrid lorsqu'elle avait dit, Et moi qui pensais que je n'aimais pas Madrid, et en entendant cette phrase dans sa tête il fixa son regard sur Susana, chercha à voir ses yeux, l'éclat madrilène dans les yeux de la fille sur les marches du théâtre national qui surgissait de sa mémoire et rendait Serena plus présente qu'elle ne l'avait jamais été, comme si elle avait été Susana, il n'écoutait plus la musique, à un moment elle dit, Regarde! et, comme il la regardait justement, il ne comprit pas ce qu'elle voulait dire, Regarde là! et il aperçut un peu plus loin le moustachu du bar à ginja, Só é um sonho mas é engraçado, não é? dit Susana, répétant les paroles de cet homme chez Sem Rival, Il faut lui demander de nous raconter son rêve, ajouta-t-elle, viens, on y va! et elle le traîna en bas des marches du Teatro Nacional.

J'ai toujours détesté les rêves mais je me suis souvent demandé depuis ce jour le sens de celui du vieil homme, il m'aurait peut-être aidé à me débrouiller dans le mien, Susana dit, Allez! fais-moi plaisir! en me tirant à travers la foule à la recherche du moustachu, et moi je voulais retrouver cette fille qui n'était évidemment pas Serena mais je ne la voyais plus ni son amoureux, pourquoi accorder autant d'importance à Serena, pensa-t-il encore, que je n'ai vue qu'une fois dans ma vie? à qui je n'avais pas écrit avant aujourd'hui depuis des semaines, peut-être même des mois? à cette fille sur les marches du théâtre national qui n'est même pas Serena, qui n'est même plus sur les marches du théâtre national? toutes ces femmes amalgamées dans mes pensées, à ce moment, devant le théâtre national, il faut que je règle ça, pensa-t-il, Mais allez! viens! répéta Susana en le tirant toujours par la main, il s'en va ! on va le perdre ! Hein ? quoi ? qui ? dit Antoine, Le moustachu ! allez ! viens ! répéta de nouveau Susana, et alors il la tira vers lui, posa ses mains sur ses fesses et l'embrassa dans le cou, elle ne réagit pas, en fait il eut l'impression pendant quelques secondes qu'elle était contente, qu'elle voulait qu'il l'embrasse mais, au moment où il plaqua ses lèvres sur les siennes, elle se dégagea de son étreinte, le gifla et se mit à crier, Mais qu'est-ce que tu fous, Don Juan ? t'es con ou quoi ? des cris stridents de vieille femme, elle était toute pâle.

Antoine ne comprenait pas ce qui se passait, il regarda Susana s'enfuir à travers la foule, fit quelques pas dans sa direction comme par réflexe, espérant vaguement la rattraper mais la foule était dense, et soudain il pensa à Serena, regarda les marches devant le théâtre national.

Rien, disparue.

8

Après leur aventure madrilène, Antoine et Serena ne s'étaient plus revus, elle était retournée à Salamanca, il avait rejoint Clara à Lisbonne puis, quelques semaines plus tard, était rentré à Montréal.

Ils s'étaient écrit, un peu, des trucs sans conséquence, en évitant toujours de mentionner trop de détails de leur vie personnelle. Évidemment il n'avait jamais parlé de Clara et il se disait que, si Serena n'insistait pas pour qu'il lui rende visite ou pour venir le retrouver à Montréal (pour les vacances ou quelque chose du genre), c'est qu'elle vivait sans doute elle aussi avec quelqu'un mais, comme ils n'en parlaient pas, il y avait toujours un petit parfum de flirt dans leurs messages. Par exemple, il lui avait écrit un jour, Je rêve souvent que tu t'habilles devant moi et que tu me demandes ensuite de te déshabiller, je rêve de te déshabiller, et elle lui avait répondu très rapidement, On fait les mêmes rêves. Plus tard, alors qu'il n'avait pas eu de nouvelles d'elle depuis deux ou trois mois déjà, elle lui écrivit, Je n'en reviens pas que tu n'aies pas répondu à mon dernier message! pour une fois que je me dévoilais un peu, que je n'éludais pas tes avances, et tu restes silencieux! tu le fais exprès? Après qu'il lui eut répondu qu'il n'avait jamais reçu ce message (et c'était vrai), elle lui écrivit, paniquée, qu'elle s'était sans doute trompée de destinataire, J'ai probablement envoyé ce message à mon patron, à ma mère, c'est une catastrophe! mais il finit par le retrouver dans sa boîte de spam, ce qui l'étonna d'ailleurs puisque le fameux message n'avait rien de bien scabreux. En fait, bien qu'elle y risquât une vague allusion à leur aventure madrilène, le message de Serena lui parut froid, sans émotion, ce qui non seulement le découragea un peu de lui écrire, mais lui fit également entrevoir que, dût-elle se retrouver de nouveau sur son chemin, il ne saurait sans doute plus quoi lui dire après une petite heure de conversation. Il n'arriva pourtant pas à l'évacuer complètement de sa mémoire. Elle restait là, lointaine et floue, dans une Madrid écrasante de chaleur.

Il me semble aujourd'hui que mon désir de revoir Serena m'éloigna forcément de Clara.

*

Après la fuite de Susana, Antoine erra longtemps dans la Baixa, il n'avait pas le souvenir d'avoir visité d'autres lieux la veille que ceux où il avait déjà demandé son telemóvel. Il pensa bien au Restaurante de Paris mais il était soûl et n'avait pas du tout envie d'aller jusqu'au Bairro dos Anjos. Il retourna vers le Rossio qu'il traversa puis descendit la Rua dos Correeiros, il demanda l'heure à un passant qui lui répondit, Não sei exactamente, por volta das cinco horas, autour de dix-sept heures, ce qui lui rappela, allez savoir pourquoi, le Cabelereiro Africana, il avait pu perdre là le téléphone, retourner chez ces gens si peu sympathiques, pensa-t-il, et il accéléra le pas. Je suis pas mal éméché, de quoi j'ai l'air ? se demanda-t-il dans sa tête, et bon, en même temps, dans cette ville, un touriste en goguette de plus ou de moins, ça ne changeait pas grand-chose.

Lorsqu'il arriva devant le Cabelereiro Africana, un serveur du restaurant indien d'en face l'invita à entrer mais Antoine ne lui répondit pas, lui demanda plutôt l'heure, le serveur lui dit en portugais qu'il ne savait pas et Antoine s'en trouva comme décontenancé, je croyais qu'il me donnerait l'heure en anglais, mais non. Il entra dans le salon de barbier. Au fond, sous une grande horloge qui indiquait dix-sept heures dix, étaient assis les deux vieux barbiers, celui à la chemise rose lisait un journal, *O Diabo*, Antoine pensa qu'il devait être fasciste pour accepter de coiffer avec autant de soin que la veille un officier de la PIDE, il n'y avait pas à tortiller, ça puait le fascisme et le colonialisme ici. Dès qu'il fut entré dans la boutique, l'autre coiffeur se leva et, faisant claquer son drap de barbier dans un geste théâtral, enjoignit Antoine de s'asseoir, il dit quelque chose aussi qu'Antoine ne comprit pas, ce devait être Faz favor, mais il crut entendre Olé! le drap de barbier était rouge, c'était sans doute la raison de ce Olé! beaucoup d'Espagnols s'étaient réfugiés à Lisbonne avant la rébellion de Franco contre le gouvernement, Saramago en parle un peu dans *O Ano da Morte de Ricardo Reis*, à cette époque on ne se cachait pas d'être fasciste, au contraire, on s'en glorifiait plutôt, mais après la Révolution du 25 avril les fascistes se sont réfugiés au PSD, et aujourd'hui la droite nationaliste revêt les oripeaux progressistes du Partido Popular, alors finalement on n'est jamais sûr de rien, tout le monde se cache, se masque, sauf quelques imbéciles ostentatoires qui souhaitent ouvertement réhabiliter Salazar, Duplessis, et se laissent pousser de petites moustaches trop bien taillées, alors c'est sans équivoque. Bref le barbier n'avait pas dit Olé! mais c'était tout comme. Antoine dit, Vous m'avez déjà rasé hier, et l'autre, laissant retomber sa cape, Mais qu'est-ce que vous voulez alors? Je suis venu ici hier, Et alors? qu'est-ce que vous voulez aujourd'hui? l'interrompit le barbier, que nous vous aidions à nettoyer votre chemise, peut-être ? vous avez une tache rose là, et il pointa la tache de vin sur la chemise d'Antoine, Non, ce n'est pas ça, reprit celui-ci, j'ai perdu hier un petit telemóvel noir, j'ai pensé que je l'avais peut-être oublié ici, le barbier se retourna et demanda à l'autre avec une chemise rose, Tu as trouvé un telemóvel ? l'autre répondit sans lever les yeux du *Diabo*, Non, je n'ai rien trouvé, et le torero, Nous n'avons rien trouvé, monsieur, désolé, nous pouvons faire autre chose pour vous ? et en passant nous n'avons pas de service de nettoyage, c'est une boutique de barbier ici, Non, je vous remercie, Antoine allait ressortir mais il pensa soudain à un truc qui lui était resté dans la tête et demanda, Peut-être pourriez-vous m'expliquer ce que signifie cette inscription sur vos fauteuils, Quelle inscription ? S&P, Pessoa, spécifia Antoine, C'est le nom du fabricant, répondit le torero, Mais qu'est-ce que ça veut dire exactement, S&P ? Je n'en sais absolument rien ! cette question sembla indigner le torero, Antoine reprit, Mais ce fabricant, Ce fabricant n'existe plus depuis des décennies, l'interrompit du fond de la salle la chemise rose en repliant son journal, et je n'ai aucune idée de ce que signifie S&P, avez-vous besoin d'autre chose ? on n'a pas que ça à faire ici ! Non, merci, répondit Antoine, à la prochaine, et, alors qu'il sortait de la boutique, il entendit dans son dos le torero dire à l'autre connard de salazariste, Encore un ivrogne de touriste! mais fit comme s'il n'avait pas compris. Une fois dans la rue, il regarda à l'intérieur la grande horloge, il était dix-sept heures quatorze.

Il remonta la rue jusqu'à la Praça de Figueira puis prit en direction du Rossio et, passant sous l'Arco do Bandeira, entra dans la Rua dos Sapateiros, passa rapidement devant l'Animatógrafo do Rossio, comme s'il se trouvait en danger, c'était sans doute une impression sans fondement. Il ne savait pas où aller, marchait pour cuver un peu son vin sans trop savoir ce qu'il allait faire de sa soirée, je devrais prendre une bière, pensa-t-il, pour dessoûler un peu, mais c'était une idée d'ivrogne.

Or, tandis qu'il se trouvait toujours dans la Rua dos Sapateiros, il entendit quelqu'un crier son nom, Antoine! il s'arrêta mais ne vit personne, il regarda autour de lui, personne, parmi les passants, ne le regardait, mais il entendit de nouveau, Antoine, ici! Il se trouvait devant la porte d'un restaurant indien très sombre, le Natraj Classical, il ne vit rien à l'intérieur jusqu'à ce qu'une ombre se lève tout au fond, dans un coin, l'ombre lui faisait des signes et criait, Antoine! Il entra dans le restaurant et reconnut Vasco, un type qu'il n'aimait pas beaucoup parce qu'il s'obstinait à lui parler français bien qu'il s'exprimât comme une vache espagnole.

Vasco était un acteur sans le sou. Il avait un certain charme grâce auquel il arrivait à peu près à surnager, à gagner vaguement sa vie. Lorsqu'Antoine entra au Natraj Classical, Vasco était déjà largement éméché, probablement même plus qu'Antoine, il dit, Antoine! comme je suis heureux de te voir! assis-te, nous allons prendre un verre! Vasco parlait sans arrêt, avec lui il n'y avait jamais moyen de placer un mot et cela énervait habituellement Antoine mais, ce jour-là, il se dit que tomber sur Vasco était probablement la meilleure chose qui pouvait lui arriver, je vais l'écouter, et Vasco commença à parler.

Ah! Antoine! je suis content de te voir! tu veux une impériale? clair que oui, tu veux une impériale, faz favor! duas imperiais, obrigado! ah! quel hasard! ça fait longtemps qu'on n'avait pas rencontré! la dernière fois quand c'était? avec le Manuel? oui, ça devait être à la maison du Manuel ou avec lui en tout cas, d'ailleurs j'attends o Luís, tu te souviens do Luís? il me semble qu'il était là cette soirée à la maison du Manuel, il devait arriver bientôt, peut-être il ait du boulot pour moi, j'espère de lui, c'est obscur ici, tu ne trouves pas? j'aime bien ce type d'obscurité mystérieuse, tu perçois? ici dans ce restaurant arrivent toujours des choses intéressantes, pas à cette heure évidemment, mais j'ai souvent des idées ici ou des gens qui viennent et racontent, c'est un lieu propice, tu perçois? il y a peu de lieux propices pour les histoires, il y a des lieux propices pour plein de choses mais pour les histoires c'est ici un lieu propice, j'aime aussi de la Casa do Alentejo, c'est aussi un lieu propice et en plus il y a toujours un petit vent agréable dans la salle, il y a toujours pénombre, une pénombre douce jusqu'à ils allument les lumières très tard dans l'après-midi, mais ici c'est encore mieux, plus sombre toujours, jadis dans cette rue il y avait beaucoup de gens, il y avait plusieurs commerces qui ne fermaient jamais pour cause de gens qui étaient là toujours, marins, putes, touristes, travailleurs, mais plus maintenant, aujourd'hui il y a des notaires, des avocats et des marins indiens, des touristes aussi il en reste, il y a encore toujours des promeneurs dans cette rue et juste au bout il y a le Rossio et le théâtre national et moi c'est pour ça que je viens ici, il n'y a pas de préjugés ici, c'est un espace de liberté, comme dans le théâtre, d'ailleurs si tu es dans le Rossio à promener c'est comme un théâtre, tous ces gens, et en haut de la Rua dos Sapateiros, juste avant l'arco, il y a un cinéma avec une très belle façade en fonte qui a tourné dans un peep-show alors hein, c'est tout dire, un lieu de culture comme ça, et même ainsi ici ça reste très calme, il y a plein de trucs, il faut connaître, ce n'est pas tapageur et bruyant comme certains quartiers dans autres villes ou même comme Bairro Alto, alors il faut creuser, investiguer pour rencontrer les lieux de culture, lieux intéressants où où où vivre, tu perçois? tu es libre aujourd'hui? Plus ou moins, répondit

Antoine, Si tu veux, après du Luís avoir passé ici je peux te faire visiter le cinéma, ou si tu n'aimes pas le peep-show il y a à deux portes d'ici la vieille Leitaria A Camponeza, laiterie? en tout cas un autre lieu de culture, pour être culturel il faut souvent être vieux, et il y a là une serveuse, je suis sûr qu'elle te plaira, c'est une personnage très intéressante, elle a quelque chose très chaleureux et aussi une poitrine jolie, elle s'appelle Severina, du moins je pense, c'est ce que j'ai déduit, à moins que Severina soit la fille qui nettoie les toilettes, il y a son nom partout sur la feuille du nettoyage des toilettes, mais je n'aime pas de fréquenter la laiterie, trop clair, trop blanc, ce n'est pas bon pour boire, pour boire c'est mieux ici, et toi? tu n'as pas retourné à Montréal? j'aime beaucoup Montréal, Montréal est une merveille, j'y suis allé quand j'étais au lycée, dans cette époque j'ai beaucoup bourlingué, je suis allé au Brasil, au Cabo-Vert, au Moçambique, même à Goa, c'était magnifique le Moçambique avant la révolution, très cosmopolite, en tout cas c'était super la jeunesse avec les voyages, mais là ça fait plusieurs années que j'ai plus trop l'occasion de bourlinguer, pour cause de l'argent, tu perçois? d'ailleurs j'ai été obligé de prendre une coloc pour m'aider à payer la rente, renda, comment on dit déjà en français? Le loyer, répondit Antoine, C'est ça, le loyer, payer le loyer, mais on reste mieux seul, n'est-ce pas? avec certitude, heureusement j'ai ma chambre en haut, c'est moi qui ai la bonne vue et elle n'est presque jamais là, la coloc, c'est-à-dire, c'est un avantage de la colocation quand l'autre n'est pas là, je dois te dire un truc assez secret, tu promets que tu ne diras rien? même pas à Clara? alors voilà, j'ai demandé à ma coloc si elle acceptasse que je me masturbasse dans sa chambre pendant qu'elle fasse ses trucs devant moi, je lui ai dit, Tu fais n'importe quoi comme tu voudras, tu peux lire, travailler au computador, tu peux me parler si tu préfères, je peux facilement avoir une conversation me masturbant, pas de problème, mais elle l'a très mal pris, pourtant j'avais été diplomatique, j'avais amené la chose tranquillement, par des détours compliqués, je lui avais parlé de ma vie difficile, de mes insuccès professionnels et amoureux, je pensais que j'avais réussi à l'attendrir un peu mais non! elle m'a piqué une crise, m'a chassé de sa chambre en me criant dessus, elle m'a menacé d'appeler la police si je ne sortais pas tout de suite et je suis allé me masturber dans ma chambre, c'était bien tristounet, je ne crois toujours pas cette histoire! ça n'a rien à voir avec la police! ce sont choses courantes entre adultes mais il y a des gens qui manquent beaucoup d'ouverture, avec le catholiscisme, tout ça, en fait cette histoire n'est qu'un exemple des problèmes que j'ai eus depuis peu de temps, ma vie est vraiment merde ces ultimes temps, j'ai l'impression que rien fonctionne, je ne bande pas souvent et ça m'enlève beaucoup d'énergie, en plus je n'ai jamais d'argent alors c'est une constante affliction, la vie est tellement compliquée, je dis plusieurs fois ce serait bien les anges m'aider un peu, me montrer un peu la voie, tu connais le padre António Vieira? Non, répondit Antoine, Moi non plus je ne connais pas bien parce que je ne suis pas très dans la religion mais c'est très intéressant, il raconte dans *O Sermão aos Peixes* l'histoire de Tobias qui était à laver les pieds dans une rivière et un poisson voulut mordre lui les pieds, Tobias était dans un élan de furie et tué le poisson et, comme si ça ne suffisait pas, fut se plaindre de son caractère à l'ange Rafael qui se promenait avec lui dans la plage, on ne saura jamais pourquoi, alors Rafael expliqua à Tobias que le fel, comme on dit? La bile, répondit Antoine, Ah, le vocabulaire! mais l'ange dit que la bile du poisson cure la cécité et son cœur éloigne les démons, tu perçois? voilà! c'est dans ce genre d'histoire qu'on s'aperçoit de l'importance des anges même si dans notre vie quotidienne ils ne font pas beaucoup, n'est-ce pas? mais ici, dans l'histoire de Tobias, sans l'ange Rafael, le foie et le cœur de ce poisson auraient été dans un tas de déchets puants ou jetés aux chiens, bon, pour guérir l'aveuglement, avec des expérimentations on eusse peut-être fini par trouver, on a découvert des choses beaucoup plus compliquées, mais pour éloigner les démons? je me demande comment sans un petit ange pour aider on aurait pu même savoir qu'ils existent, les démons! sans aide, l'homme est aveugle, alors il invente, c'est une belle phrase, tu ne trouves pas? comme il croyait dans le poisson de Tobias, le padre dans son sermon inventa les anges, ou peut-être l'inverse, comme il croyait dans l'existence des anges, il inventa le poisson de Tobias! puis, sachant qu'aucun poisson peut guérir l'aveuglement, Saramago inventa un monde d'aveugles, finalement ça revient probablement au même, c'est plus facile de survivre avec l'aide des anges, j'espère que le Luís me donnera du travail donc je ne dois pas être trop soûl quand il arriver dans peu de temps, juste assez ébrié pour être en société, tu veux une autre bière? faz favor! mais duas! mais nous vivons une époque terrible, travailler toujours! et où est-ce qu'on trouve le temps de vivre avec ça? de grandir, d'inventer des anges, c'est-à-dire, de se tourner dans une personne sage? en tout cas moi je ne sais pas, heureusement qu'il y a les petits bonheurs comme rester ici avec toi, as-tu déjà eu des expériences homosexuelles? je m'excuse pour le coq-à-l'âne, falta de nexo, on dit comme ça? j'y ai beaucoup pensé ces ultimes temps, ne pense pas que je te fais des avances mais ça m'intéresse de savoir ce que tu trouves des expériences homosexuelles et si tu as envie parfois des homosexuels parce que je pense que c'est assez courant à Montréal, n'est-ce pas? il y a un quartier gay gros là-bas, c'est la preuve que c'est une ville merveilleuse et ouverte même si évidentement mon but n'est pas de tout devenir gay, mais essayer peut-être pour grandir, tu comprends? et il faut du temps pour ça, beaucoup de temps, alors si on travaille toujours, comment on fait? en tout cas, je parlais de ça comme ça, ne pense pas que je fais des avances, c'était une idée qui passait dans ma tête, c'est tout, d'ailleurs tant qu'à essayer l'homosexualité, c'est meilleur avec quelqu'un expérimenté, ça va plus vite, mais en même temps il faut savoir prendre son temps, imagine pour exemple un type de happening, ce serait bien, mais de toute façon il faudrait que je boive un peu avant, d'ailleurs je pense qu'on va boire une autre impériale, Luís est encore en retard, c'est toujours la même chose avec les metteurs en scène, mais duas, senhor, se faz favor! je ne suis pas soûl, je peux boire encore, tu n'es pas soûl, n'est-ce pas? je vraiment besoin ce travail avec Luís, mais les metteurs en scène se croient vraiment tout permis parce qu'ils font la mise en scène, ils dirigent tout! une vraie dictature! quand même il faut une personne qui dirige mais ça n'enlève pas la gentillesse, le respect humain, la ponctualité, surtout que Luís, hein, je veux dire, il fait les petites mises en scène, je ne vais pas me plaindre, clair, s'il pourra me donner du travail je vais être très heureux mais en même temps Luís doit garder un peu d'humilité, je pense que l'humilité est essentielle dans le travail artistique, il ne peut y avoir d'inspiration sans une humilité minimum, sans écouter l'autre avec respect et humilité, sans ça il faut tout puiser dans soi-même et ce n'est pas inépuisable hein? mais Luís n'est pas un mauvais bougre, c'est juste qu'il est toujours débordé, il travaille toujours trop et ça, tu vois, ce n'est pas une manière de vivre pour moi, je pense qu'il faut prendre le temps pour vivre chaque détail de la vie, tu entends? mais Luís ne fait pas comme ça, est toujours plein de travail et là en plus, pour ce spectacle duquel il va venir ici parler avec moi, il a décidé écrire le drame, il y a des jours comme aujourd'hui où toutes les femmes m'excitent, pas toi? tu as vu cette femme, là, avec le cul un peu gros? très sexy, j'aime ce type de femme avec un cul agradécent, tu perçois? ah! Luís n'arrive pas, l'enculé, j'aime bien dire cette parole, enculé, ufa! je commence à être un peu soûl, c'est le moment de prendre un vrai alcool d'homme, tu aimes du bagaço? c'est très bon, tu verras, faz favor! queríamos dois bagaços por favor, parce que c'est l'heure de l'apéro, fini le temps de la bière, mais c'est une surprise Luís n'être pas ici parce que habituellement, quand même, il est toujours un peu retardé mais jamais il manque l'heure de l'apéro, j'espère qu'il n'eût pas de problème, c'est une heure très variable, l'apéro, évidemment, mais c'est la première fois qu'il arrive après, c'est mauvais signal pour le travail, et toi, as-tu enfin décidé de rester ici? Oui, répondit Antoine, Ah! c'est une très bonne nouvelle, depuis le temps que vous en parlez avec Clara, j'ai toujours trouvé Clara sexy, pas toi? Oui! évidemment! répondit Antoine, Et as-tu trouvé du travail? Non, pas encore, je cherche, répondit Antoine, Ah tu vas voir, c'est difficile ici, je lisais justement un petit papier du Parti communiste qui disait que Portugal est le pays européen avec les salaires plus bas, mais si tu as besoin d'une chambre tu me dis parce que je pense que je vais perdre ma colocataire dans peu temps, et de quel type de travail tu aimerais parce que peut-être j'eusse un plan pour toi dans le bâtiment, c'est un vieux théâtre dans le Bairro Alto qu'ils vont remodeler et Luís m'a dit qu'il connaît la personne qui donne le contrat, il m'a même proposé mais moi je veux jouer, tu entends, je ne veux pas gaspiller mon énergie dramatique dans la remodelation, même qu'il s'agisse d'un théâtre, un théâtre est pour jouer, pas pour remodeler, je préfère attendre un rôle, même un petit rôle ce serait très bien, peut-être un genre de happening, tu perçois? dans les lieux publics, quelque chose de vivant, d'espontané, une vraie intervention avec les gens de la rue, tu comprends? j'ai envie d'expérimenter, de découvrir!

À ce moment retentit derrière eux une voix qui interrompit la diatribe de Vasco, Tu es bien trop vache pour découvrir quoi que ce soit, Vasco! et Vasco dit, Ah! Luís! afinal, en même temps que le bagaço! aqui vem o Luís! voici Luís! toujours à l'heure! La conversation venait de virer au portugais, Antoine fut soulagé, le portugais de Vasco était beaucoup moins fantaisiste que son français mais beaucoup plus digeste. Tu te souviens d'Antoine? reprit Vasco, mais Luís ne se souvenait pas, J'ai une très mauvaise mémoire, dit-il, pour ce genre de chose, Je ne me souviens pas non plus, dit alors Antoine, si ça peut vous rassurer, et Vasco, Mais vous êtes incroyables! ne pas se rappeler cette soirée mémorable chez Manuel, c'est complètement absurde! vous voyez, c'est ce qui distingue l'acteur du commun des mortels, sa mémoire extraordinaire, pour les textes, bien sûr, mais aussi, surtout, sa mémoire des caractères et sa faculté d'observation, le quotidien devrait être la source d'inspiration principale de l'acteur, c'est pourquoi je m'efforce de jouer à chaque moment de ma vie, je prétends à une sorte d'acting total, Ah! ta gueule Vasco! le coupa Luís, quel frimeur! tu n'arrives même pas à te souvenir du lieu et de l'heure de tes rendez-vous, Quoi? pardon? qu'est-ce que tu dis? c'est tout de même toi qui es effroyablement en retard! s'offusqua Vasco, mais Luís, On avait rendez-vous à dix-sept heures trente à la laiterie, j'y étais et pas toi, alors je me suis dit que tu serais peut-être ici, dans ton trou à rats habituel, Ah non! dit Vasco, je ne te permettrai pas de dire du mal de mes amis indiens! et de toute façon tu te trompes, je n'aurais jamais accepté d'aller à la laiterie, je déteste cet endroit, on n'envoie là que les touristes! je déteste ces lieux culturels où tout est faux, sous prétexte que ça existe depuis cent ou deux cents ans ou quatre cents ans, tout le monde se pâme devant les lieux culturels mais ce n'est pas là qu'on fait les vraies rencontres, les rencontres significatives, alors c'est impossible que j'aie accepté de te rencontrer à la laiterie, et d'ailleurs, la preuve que j'ai raison à propos des rencontres, c'est que j'ai trouvé ici Antoine, et toi, Luís, tu t'es ramassé tout seul à la laiterie, au mieux avec la jolie Severina, Qui est Severina? demanda Luís, La jolie serveuse Severina, forte poitrine, Ce n'est pas Severina, dit Luís, c'est Susana, alors Antoine pensa à Susana, à sa Susana, il tâta la clé dans sa poche, Susana ne pourra pas rentrer chez elle, se dit-il, c'est moi qui ai la clé, je dois retrouver Susana, Tu es sûr que c'est Susana? demanda au même instant Vasco à Luís, Mais oui, je la connais très bien, Antoine pensa, je dois retrouver Susana à moins que Manuel soit là mais à cette heure c'est presque impossible, je dois appeler Manuel, il dit, Tu as un téléphone, Vasco? Oui mais je ne peux pas faire d'appels, seulement en recevoir, je cherche à éliminer de mon quotidien tout ce qui n'est pas essentiel à ma survie, répondit Vasco, Ce que tu peux être frimeur! dit Luís, Je me laisse dériver au hasard des rencontres,

reprit Vasco, je ne les provoquerai plus, qu'on me solli-
cite ou, mieux encore, qu'on tombe sur moi par
hasard, comme toi Antoine, Luís, je peux emprunter
ton telemóvel? demanda Antoine, Vas-y, répondit Luís
en lui tendant l'appareil, Comment ça tu la connais
très bien, tu l'as sautée? reprit Vasco à propos de
Susana tandis qu'Antoine composait le numéro de
Manuel, Non, répondit Luís au moment où Manuel
répondait au téléphone, il avait la voix caverneuse,
Antoine dit, Manuel! tu es chez Susana? Non, je suis
dans le Bairro Alto, Tu as vu Susana? Tu cherches
Susana de la Leitaria A Camponeza? demanda Vasco,
mais Antoine ne lui porta pas attention, Non, je ne l'ai
pas vue depuis ce matin, répondit Manuel, je suis
passé à la maison il y a une heure mais elle n'était pas
là, Je pense que j'ai fait une connerie, dit Antoine,
Quoi? demanda Manuel, Je pense que j'ai fait une
connerie, répéta Antoine, Mais quelle connerie? Tu as
couché avec Susana? demanda Vasco, Je n'ai pas couché avec elle mais ce n'est pas faute d'avoir essayé,
répondit Luís en riant très fort, Quoi? dit Antoine, il
y a beaucoup de bruit ici, j'ai du mal à t'entendre,
Quelle connerie as-tu fait avec Susana? demanda de
nouveau Manuel, Je suppose que tu as essayé de
l'embrasser, tu n'as pas honte? dit Vasco, Oui, c'est ça,
répondit Antoine, Quoi? oui c'est ça quoi? questionna
Manuel, et Luís, Oh que oui! mais elle n'a rien voulu

savoir, et Antoine, J'ai essayé de l'embrasser et elle n'a rien voulu savoir, elle s'est sauvée, Vasco riait, et Manuel, Clara ne voudra jamais revenir si tu dragues toutes les filles que tu croises! Ce n'est pas ça, Manuel, dit Antoine, mais il pensa à ce qui s'était passé plus tôt, sur le Rossio, avec Susana dont il se foutait éperdument, au fond Susana n'était là que parce que Clara n'y était pas, Susana lui importait aussi peu que Serena, aussi peu que Sara dont il ne voulait absolument rien savoir mais qui surgissait une fois de plus dans son esprit à cause de Clara qu'il aimait, Mais qui est Severina exactement? demanda Vasco, Elle lave les chiottes à la Leitaria, répondit Luís, je ne sais rien d'autre, Tu dois rentrer chez toi, Manuel, dit alors Antoine, autrement Susana sera enfermée dehors, Je crois que Susana et Severina sont lesbiennes, dit alors Luís, Non! impossible! je le saurais! dit Vasco, Tu ne peux pas dire ça en portugais, enfermée dehors, dit Manuel, ça n'a pas de sens, En français non plus ça n'a pas de sens mais Susana ne peut plus rentrer chez elle, le reste on s'en fout, toutes ces femmes amalgamées dans mes pensées à ce moment, au Natraj Classical, m'empêchaient de réfléchir, il faut que je règle ça, pensa-t-il, il cria, Vos gueules! à Vasco et Luís, je ne comprends rien de ce que me dit Manuel! Hein? dit Vasco, Quoi? dit Luís, J'ai parlé à Sara ce matin, dit Manuel, elle m'a dit que tu étais passé chez elle hier et, Elle a caché le telemóvel, c'est certain, Manuel, j'ai perdu ton telemóvel et Severina, je veux dire Clara ne pourra pas m'appeler, je l'ai cherché partout toute la journée, Elle est à Montréal, dit Manuel, tu es soûl ou quoi? Je ne parle pas de Sara, je veux dire Clara, je n'ai pas cherché Clara, je parle de ton telemóvel, je l'ai cherché toute la journée mais je ne l'ai pas trouvé, Je m'en fous! c'est un téléphone à trente euros! Je vais te le rembourser, dit Antoine, je vais t'en acheter un autre, c'est promis, Puisque je te dis que je m'en fous, tu devrais plutôt essayer de retrouver tes esprits, tu es soûl? Non, répondit Antoine, un peu pompette peut-être mais rien de grave, Tu es où maintenant? Je suis dans la Rua dos Sapateiros, Où? Dans un resto indien, Mais qu'est-ce que tu fous dans un resto indien?! Je suis avec Vasco et Luís, je pense que tu les connais, Je ne vois pas, Bonsoir Manuel! cria Vasco, Un comédien et un metteur en scène, continua Antoine, Je ne sais pas, tu vas m'attendre là, ok? je suis dans le Bairro Alto, je peux te rejoindre dans trente ou quarante minutes, dit Manuel, tu m'attends là, d'accord? Ok, je, ok, dit Antoine, Tu ne bouges pas de là, j'arrive et on va retrouver Susana, ok? Je ne suis pas sûr que Susana veuille que je la retrouve mais je ne comprends pas trop pourquoi, quand je l'ai embrassée j'étais sûr que, Tu ne connais pas Susana, elle est instable, Oui bon je me suis probablement trompé, une chance que tu es là, Manuel, tu es mon ange gardien, Pense à Clara et cesse de faire des bêtises, et ne bois plus pour ce soir, tu as compris? Je ne fais que penser à Clara, tout ça c'est parce que Clara me manque, Cesse de pleurnicher, ressaisis-toi, imbécile! et ne t'inquiète pas pour Susana, elle se débrouillera très bien sans toi, tu m'attends au restaurant, je serai là dans une demi-heure, Ce n'est pas moi que tu dois retrouver, c'est Susana! dit Antoine, Susana n'a pas la clé, c'est moi qui l'ai, elle ne pourra pas rentrer chez elle sans ma clé ou la tienne et je suis sûr qu'elle ne veut pas me voir, Je te dis de ne pas t'inquiéter pour Susana, elle n'aura qu'à aller voir la concierge, à la Fraternidade Espírita Cristã, elle a un double, C'est moi qui ai la clé de la concierge, c'est moi qui ai le double, il n'y a plus de clé à la Fraternidade Espírita Cristã, dit Antoine, Alors elle se débrouillera, elle trouvera bien un endroit où aller, dit Manuel, Hein? quoi? demanda Antoine, Manuel! j'ai du mal à t'entendre, Hein? quoi? demanda Manuel, je ne t'entends plus, et il raccrocha.

C'est bon? on peut parler maintenant? demanda Vasco, parce que maintenant que cette histoire idiote est réglée, il faut parler travail, je veux vraiment un rôle dans ta prochaine pièce, Luís, tu sais de quoi je suis capable, je veux me donner corps et âme au travail avec toi, je me sens actuellement totalement libre, ouvert, tu comprends? Tu as finalement décidé de te faire enculer? le coupa Luís en riant très fort, il se tapait les cuisses et encourageait Antoine à rire avec lui, Vasco continua, Tu es un gros con plein de préjugés, en tout cas, je me trouve dans l'état d'esprit idéal, La dernière fois qu'on s'est vus tu disais que tu manquais d'énergie, dit Luís, et Vasco, Ah non ah non ah non! c'est terminé! cette période de marasme est derrière moi, et Luís se remit à rire en disant, entre deux hoquets, Derrière moi! Ah! Luís! tu es con, ce n'est pas possible, arrête de te foutre de ma gueule, je suis sérieux, cette période est terminée depuis déjà très longtemps, Maintenant tu te branles devant ta coloc, c'est ça? dit Luís en s'esclaffant de nouveau, puis il se calma un peu et commanda une tournée de bagaço. Après quelques secondes de silence, il dit très fort, Deux semaines! c'était il y a à peine deux semaines, imbécile! puis il se leva et reprit sur un ton agressif, Tu étais complètement soûl! tu disais que tu manquais d'énergie! une loque humaine! il ne riait plus, Vasco reprit, Oui mais il y a deux semaines j'étais dans un état terrible, j'avais de gros problèmes financiers mais maintenant c'est du passé, assieds-toi, je t'en prie, Luís, Bon bon, ok, dit Luís en se laissant retomber sur sa chaise, puis, Écoute, je ne sais pas encore ce qui va se passer avec la pièce, C'est quoi en fait, cette pièce? les interrompit Antoine. Luís réfléchit quelques instants, comme s'il allait dire quelque chose de fondamental, puis, Je veux parler du divorce entre le théâtre et la réalité, Non non, le coupa Antoine, je veux dire, quelle est l'histoire, quel est le drame? Luís réfléchit de nouveau et dit, Il n'y a pas de drame, tout est basé sur un personnage qui s'invente des drames pour se donner l'impression que sa vie vaut la peine d'être vécue, c'est une impulsion de départ mais je ne suis pas encore sûr de ce que ça deviendra, j'en suis aux premiers balbutiements, c'est pour ça que je ne peux rien te dire, Vasco, à propos du rôle, et d'ailleurs tu as tellement une grande gueule que tu irais tout raconter aux quatre coins de Lisbonne, Tu fais chier, Luís, dit Vasco, Et l'histoire? demanda Antoine, il y a une histoire? Luís répondit, Je pense que ce sera l'histoire d'un type immobile dans un lieu public, il ne parle pas, il observe les gens, il les laisse parler et, à partir de ce qu'ils disent, il s'invente une morale, un monde, il essaie d'oublier ce qu'il connaît de Lisbonne et de reconstruire la ville dans son esprit à partir de ce que les gens disent, bref il rêve, et je veux montrer son rêve insensé.

Ils se turent tous les trois quelques instants. Il régnait dans le restaurant presque vide une atmosphère plutôt triste, les trois serveurs, assis au bar, regardaient le vide, désœuvrés, muets. Un vieux dans un coin dormait, à moitié couché sur sa table, il se réveillait toutes les quinze minutes, commandait une bière et la buvait d'un trait. Ce fut Vasco qui rompit le silence, Je suis très fort dans les rôles muets, mais personne ne commenta, il continua, Tu te rappelles il y a deux ans, *Vinte Passos fora do Mundo*? c'est moi qui jouais le rôle du mendiant espagnol, je n'avais pas de texte, je demandais la charité en marmonnant dans une langue inventée, en fait j'avais une seule réplique et je m'en souviens encore très bien, parfaitement, même si ça fait un an? deux ans? je ne sais plus, mais bref, tu te rends compte de la mémoire que j'ai? et c'était une très longue réplique! écoute écoute, Vasco se leva, courba le dos, tendit un doigt devant lui et dit d'une voix chevrotante, Si un aveugle guide un aveugle, tous les deux tomberont dans un trou! vous ne voyez pas que contre vous se tendent les filets où vous vous emmaillerez, contre vous se tissent les nasses, contre vous se plient, s'affûtent les hameçons, contre vous les harpons? tant d'ennemis si bien armés, là, dehors, ne suffisent-ils pas pour que vous cessiez de vous manger les uns les autres? en tout cas bref la critique a parlé de moi, ce fut un grand moment dans ma carrière, tu t'en souviens Luís, n'est-ce pas? Vasco, je commence à peine à écrire, je ne pourrai pas te donner du travail avant très longtemps, répliqua Luís, à moins que tu veuilles faire de la rénovation, Ah non! éclata Vasco, je te l'ai déjà dit, je n'ai pas de temps à perdre avec les rénovations, mais Antoine serait peut-être intéressé, il cherche du travail, C'est vrai? demanda Luís, tu as de l'expérience dans le bâtiment? Oui, dit Antoine, mais ce n'était pas vrai, Le directeur du théâtre m'a dit qu'il avait encore besoin d'un ouvrier pour la maçonnerie et un peu de peinture, ça t'irait? et Antoine, J'aime la maçonnerie, je pense que Lisbonne a besoin de maçons, de beaucoup de maçons et d'horlogers aussi, parce que toutes les horloges de la ville sont désynchronisées, même les cloches des églises, près d'où j'habite il y en a deux, raconta Antoine qui sortait tout à coup de sa réserve, les cloches sonnent toutes les heures, même la nuit, et la demi-heure aussi, mais toujours à cinq minutes d'intervalle, on entend l'heure à l'est et cinq minutes plus tard à l'ouest, en plus les sonneurs sont incompétents, incapables de frapper les cloches à un rythme régulier, ils laissent des intervalles variables entre les coups, c'est très décevant, j'ai perdu mon telemóvel hier et, depuis, pour savoir l'heure, c'est la croix et la bannière, tu vois Luís, continua Antoine, ce que j'aimerais par-dessus tout, ici, c'est travailler pour la ville dans l'escouade qui refait les pavés, tu sais? passer des heures à tailler des bouts de pierre pour faire des motifs sur le sol, j'aime bien ce genre de travail, ça donne un sentiment de plénitude, C'est un boulot très difficile à obtenir, dit Vasco, Très difficile, renchérit Luís, à moins de connaître quelqu'un, évidemment, au Portugal nous sommes des adeptes du népotisme, tu vois par exemple, Vasco, c'est grâce aux relations de son père qu'il a réussi à entrer à l'école de théâtre et aussi à obtenir quelques rôles au début, mais même le népotisme a ses limites, pas vrai Vasco? Va chier, répondit ce dernier, et il ajouta, Je vais pisser, il se leva et se dirigea vers les toilettes.

Tu l'engages souvent comme acteur? demanda alors Antoine à Luís, Oh non! c'est un très mauvais acteur! aucune vérité, il porte sa technique d'acting comme un masque, il ne s'assume pas du tout, on ne voit que le masque, mais il m'intéresse, Pourquoi? demanda Antoine, Il arrive toujours à m'étonner, en fait c'est dans la vie qu'il est intéressant, expliqua Luís, il est vraiment très drôle, tu ne trouves pas? et il a du charme, j'imagine, en plus d'une vacuité spirituelle incomparable, j'aime beaucoup l'observer, il est toujours d'une entière sincérité, totalement spontané, il n'a aucune inhibition, en fait, ailleurs que sur une scène, c'est un excellent acteur, une grande source d'inspiration, cela dit il n'est absolument pas question de le faire jouer dans une de mes pièces, il prit une gorgée de bagaço, En tout cas, pour ce qui est de la maçonnerie, l'offre est lancée, mais en ce qui concerne la brigade des pavés je ne peux rien faire pour toi, Vasco pourrait peut-être, son père est haut placé au ministère de la Marine, bien que ça n'ait évidemment rien à voir avec les pavés, il se peut tout de même qu'il ait des relations à la voirie de Lisbonne, il faut voir, En fait je t'ai menti, dit Antoine, je n'ai aucune expérience dans le bâtiment, je suis totalement incompétent, Pas grave, dit Luís, tu es au Portugal, il suffit généralement d'avoir quelques amis et on arrive à survivre, même les plus incompétents arrivent à survivre.

C'est partout pareil et je n'en ai rien à foutre de rénover un théâtre, pensa Antoine alors que Luís continuait de déblatérer, je veux construire Lisbonne, je veux construire le Portugal! ces phrases pompeuses résonnaient dans sa tête et il n'entendait plus ce que racontait Luís. Dehors on ne voyait plus rien dans la rue, le soleil était descendu derrière les maisons. Une femme entra dans le restaurant indien, elle avait une épaisse chevelure noire, elle parla un peu avec un des serveurs qui posa devant elle un verre de vin blanc. Construire Lisbonne! reconstruire le Portugal! c'était évidemment une idée complètement ridicule mais elle lui fit penser à Lavínia, la femme de Costa, Quelle heure est-il? interrompit-il Luís qui vérifia l'heure sur son telemóvel et dit, Il est dix-huit heures vingt-huit, mais pourquoi je pense à Costa? se demanda Antoine, je ne veux rien savoir de Costa! Costa ne construit pas le Portugal! Costa détruit le Portugal! c'est contre Costa qu'il faut se battre! Costa et ses semblables!

Luís continuait de parler de théâtre mais je ne me rappelle plus du tout ce qu'il disait, parfois fusaient les mots actor, encenação, subsídios, et Antoine ne l'écoutait pas, Lavínia est très jolie, pensa-t-il en regardant la femme du restaurant qui déjà s'apprêtait à sortir, c'est un beau nom, Lavínia, Shakespeare! dit alors Luís, par hasard? ou peut-être Antoine avait-il murmuré le nom de Lavínia, on ne le saura jamais et d'ailleurs ça n'a pas vraiment d'importance mais ce cri de Shakespeare! sorti de la bouche de Luís, rappela à Antoine une histoire que Lavínia lui avait racontée un jour. Quand on est à l'affût du sens des choses, même les détails les plus absurdes revêtent à certains moments une aura de clarté.

Antoine se promenait avec Lavínia dans la Baixa, il faisait très chaud, ils avaient donné rendez-vous à Clara un peu plus tard dans un café qui se trouve sous les arches du Terreiro do Paço, un endroit chic, un quelconque attrape-touristes mais, si on mange à l'intérieur, debout au comptoir, c'est vraiment très peu cher et sur le Terreiro do Paço, à cause du Tage tout près, il y a toujours un petit vent rafraîchissant. Lavínia avait dit, C'est un endroit que fréquentait Fernando Pessoa, c'est à tout le moins ce qu'on dit, mais pour moi Pessoa n'existe pas, ni ici ni dans ses livres, chaque fois que je vois une plaque ou je ne sais quoi qui dit, Fernando Pessoa vécut ici ou prit son café ici ou sa ginja ici ou mourut ici, pour moi, ce sont des mensonges, des histoires. Ils commandèrent des cafés qu'ils burent au comptoir, Lavínia avait un décolleté un peu plongeant, elle avait chaud, des gouttes de sueur perlaient sur sa poitrine, elle ne cherchait aucunement à séduire Antoine, elle se comportait de manière très chaste, si je puis dire, mais l'effet était le même, elle avait les cheveux bruns et longs, de grands yeux verts, les traits fins mais déterminés, un peu comme Susana qui, toutefois, avait de très petits seins, ne portait même pas de soutien-gorge, c'est tout dire, Lavínia sans soutien-gorge, c'eût été tout un spectacle, d'ailleurs Lavínia ressemblait vraiment à Serena, cela le frappa subitement, beaucoup plus qu'à Susana, en fait, dès qu'il eut pensé à Serena, Susana disparut complètement de son esprit, c'est à Serena que ressemblait Lavínia, et il se dit qu'il aurait bien aimé lui détacher son soutien-gorge.

Tandis qu'ils buvaient leur café, Antoine mentionna quelque chose à propos du Terreiro do Paço et de la Baixa et du Marquês de Pombal et Lavínia dit, Chaque fois que je pense au Marquês de Pombal, ça me rappelle un rêve que je faisais il y a quelques années, plusieurs fois j'ai rêvé que j'étais sa femme ou sa maîtresse (Antoine préférait l'imaginer en maîtresse) et que chaque nuit nous discutions ensemble de la reconstruction de Lisbonne après le tremblement de terre de 1755. Lavínia rit et rougit un peu, ses propres confessions la mettaient mal à l'aise, Tu couchais avec le marquis de Pombal? s'exclama Antoine, Non! s'indigna Lavínia en rougissant de nouveau, Mais tu étais sa maîtresse! insista Antoine, il était comment au lit, le marquis? Non! l'interrompit Lavínia en riant mais souhaitant sans doute qu'Antoine coupe court à ses divagations, il n'y avait rien de cela dans mes rêves! Je ne te crois pas, reprit Antoine, tu étais la maîtresse du marquis de Pombal et tu n'as jamais, Mais je te dis que non! l'interrompit Lavínia, nous parlions de la reconstruction de Lisbonne! C'est tout? demanda Antoine, authentiquement surpris, Peut-être un peu de philosophie, répondit Lavínia, et de littérature, Vous parliez de littérature, poursuivit Antoine, et ça ne vous a jamais amenés à, Mais vas-tu enfin cesser? je te dis que nous parlions de la ville de Lisbonne! de la reconstruction de la ville, des perspectives et de l'Avenida da Liberdade! Bon d'accord, je te crois, dit Antoine, alors tout ça, je veux dire Lisbonne, c'est à cause de toi? C'était un rêve! s'exclama Lavínia en riant, et Antoine, Il parlait déjà de mettre sa statue en haut de l'Avenida da Liberdade, ton marquis? Je ne crois pas que ce soit lui qui ait fait ça, répondit Lavínia, Je pense que tu ne me dis pas tout, reprit Antoine, et bon, j'imagine que, pour Lavínia, c'était évident qu'il essayait de la séduire mais de toute façon c'était sans issue puisque Clara allait arriver d'une minute à l'autre, Antoine aimait simplement se raconter des histoires, c'est tout, il se voyait avec une perruque frisée du marquis de Pombal en train de copuler avec Lavínia en chantant une aria de Purcell mais ça ne l'empêchait pas pour autant d'attendre, d'espérer Clara, il s'imaginait au lit avec Lavínia, léchant la sueur sur ses mamelons dressés et tout frais à cause du vent du Tage, mais espérait Clara comme je l'espère encore aujourd'hui, comme je l'attends dans tous les lieux où je fus avec elle à Lisbonne, comme je l'attends en ce moment et sans grand espoir à la Casa do Alentejo où il fait une chaleur suffocante, à quelques tables de la mienne une femme avec deux hommes roux s'évente et parle anglais très fort, elle a l'air portugais et pas eux mais elle rit et crie dans un anglais parfait et me sort de mes pensées, dans la salle de bal de la Casa do Alentejo on ne peut pas ne pas la voir, elle veut se faire remarquer, montrer à tous sa joie d'être là, c'est évident, mais je ne veux pas la voir, et peu m'importe qu'elle soit d'une laideur repoussante, ni elle ni aucune autre ne peut estomper mon amour pour Clara, jamais je ne pourrais désirer réellement cette poufiasse, mais elle est là devant moi et elle rit, crie, je cherche à l'oublier mais malgré sa laideur je n'y arrive pas, et c'est exactement ce qui s'est passé avec Lavínia qui est belle, c'était encore plus difficile de faire fi d'elle mais même avec Lavínia je n'espérais que Clara, je ne sais pas ce qui m'a pris de rester, j'étais bien ici, à Lisbonne avec elle, comme s'il n'y avait dans la proposition à Lisbonne avec elle qu'un seul élément important (Lisbonne), puisque dans à Montréal avec elle je sentais que ça ne suffisait pas, mais j'avais peut-être tort, je ne sais pas, j'étais bien à Lisbonne avec elle et je me suis imaginé que c'était à cause de Lisbonne mais c'était à cause d'elle, maintenant c'est évident mais ça ne l'a pas toujours été, c'est facile de juger après.

Je me suis rendu compte beaucoup plus tard que vivre ici sans Clara n'a pas plus de sens que déshabiller Lavínia ou faire un enfant imaginaire à Serena ou embrasser la femme au comptoir qui venait de terminer son verre de vin blanc, elle ramena ses longs cheveux en chignon d'un geste lent qui mettait sa poitrine en valeur, embrassa le serveur indien et alors Luís cria, Shakespeare! sans doute est-ce à cause du rêve de Lavínia sur la reconstruction de Lisbonne que j'ai d'abord pensé à Costa pour m'aider à trouver du travail, pensa Antoine, et il se trouva tout à coup bien imbécile de perdre son temps dans un restaurant avec Luís et Vasco qui revenait des chiottes alors qu'il aurait pu rencontrer Costa et parler de Lavínia et de la reconstruction de Lisbonne, il y avait d'ailleurs quelques minutes déjà qu'il n'écoutait plus ce que racontait Luís, Lavínia n'était qu'un prétexte, il aurait tout aussi bien pu méditer sur Serena, sur Salamanca qui avait certainement subi à un moment ou un autre de son histoire une quelconque catastrophe naturelle et nécessité l'investissement personnel d'un grand personnage et de sa séduisante compagne, il regardait Luís mais ne le voyait pas, ne l'entendait pas, pensait à Serena, à Clara, puis se leva soudain, dit, Je dois partir, je ne pense pas vouloir faire du théâtre, et il s'enfuit vers la sortie, Vasco cria, Antoine! ne t'en va pas! je suis là, ne t'inquiète pas, je suis de retour! mais Antoine était déjà dans la Rua dos Sapateiros à la recherche d'une cabine téléphonique.

En remontant vers le Rossio, il passa devant l'Animatógrafo et un grand Noir très musclé qui ressemblait à Seu Jorge se mit en travers de son chemin et dit, The fuck you're still doing here, motherfucker? Antoine essaya de le contourner sans trop comprendre ce qui se passait, il dit en portugais, inquiet, Não percebo, je ne comprends pas, il était passé à cet endroit des dizaines de fois et il ne lui était jamais rien arrivé, mais le type dit, avec un accent brésilien, Tu ne comprends pas? je t'ai dit de ne pas revenir ici, dégage, petit con! Oui, dit Antoine, et il courut vers l'Arco do Bandeira.

En arrivant sur le Rossio, il vit que le concert devant le Teatro Nacional était terminé, il y avait encore beaucoup de monde mais plus de musique, il pensa à Serena qui n'était pas là et au marquis de Pombal tringlant Lavínia dans ses rêves et à Susana qui s'était sauvée, il ne comprenait pas ce qu'il avait fait de mal. Sur les marches du Teatro Nacional, il avait cru qu'elle appelait son baiser comme Serena à Madrid, il faudra que je retrouve Susana, pensa-t-il, la revoie pour comprendre tout ça, toutes ces femmes qui me quittent alors que je les aime et voudrais les garder près de moi, vivre ici à Lisbonne avec elles toutes puis parler à Costa sur-le-champ, et il s'imaginait reconstruisant Lisbonne en rendant grâce à Lavínia, il pensa aussi que Clara serait fière de cette nouvelle ambition qui naissait en lui (il resterait évidemment discret quant à ses fantasmes laviniens), peut-être même que cela l'encouragerait à revenir s'il avait un but comme celui-là, je veux dire, un objectif noble, pas seulement l'ambition de gagner de l'argent, de préserver leur standard de vie, ce genre de pensée petite-bourgeoise de PSD de mes fesses.

Il trouva enfin une cabine et téléphona à Costa, il dit, Bonsoir Costa, est-ce que tu aurais l'heure par hasard? Costa mit quelques secondes à répondre, il doit regarder l'heure, pensa Antoine, Il est dix-huit heures cinquante-deux, qui est à l'appareil? Oh pardon, Costa, répondit Antoine un peu confus, il était passablement paqueté, Je suis vraiment impoli, c'est Antoine, j'ai perdu mon telemóvel et je n'ai pas l'heure, je t'appelle d'une cabine, Ah! Antoine, je suis content de te parler, je m'inquiétais un peu, tout va bien? Vraisemblablement, il ne se formalisait pas trop du lapin que je lui avais posé, Costa est vraiment un chic type, Antoine dit, Oui oui, tout va bien, merci, ce sont des journées bizarres et difficiles, mais ça va, je m'en sors, en fait je viens d'avoir une idée et il faut vraiment que je te rencontre, je m'excuse pour cet après-midi, C'était hier que nous avions rendez-vous, dit Costa, Aïe aïe aïe! je suis vraiment désolé, Costa! mais si tu savais, ma vie est un bordel complet, j'ai eu un empêchement hier et aujourd'hui aussi, bref je suis désolé, tu es libre maintenant? je suis dans la Baixa, je suis sur le Rossio, il faut vraiment que je te parle, Oui, dit Costa, écoute, c'est un peu serré, je n'ai pas encore dîné et j'ai rendez-vous avec le maire à vingt et une heures, C'est parfait, Costa, je t'en prie, j'ai eu une idée et tu es la seule personne qui puisse m'aider, je peux dîner avec toi si tu veux. Il y eut un court silence, Costa dit, Bon, je suis à la Câmara Municipal, dans la Rua Bernardino Costa il y a une marisqueira qui s'appelle Gávea do Mar, rejoins-moi là à vingt heures, et ne sois pas en retard, je n'aurai qu'une petite heure pour manger et discuter, Merci infiniment, Costa, j'y serai, ne t'inquiète pas.

Lorsqu'il raccrocha, Antoine entendit au loin du piano et vit que, devant le Teatro Nacional, le groupe de jazz avait recommencé son spectacle et jouait la pièce «Reflections» qu'il reconnut facilement à cause d'un album de Thelonious Monk qu'il avait écouté des centaines de fois avec Clara. Il resta là quelques minutes, dans ses souvenirs, à écouter la musique, puis il pensa à Costa, je ne peux faire attendre Costa, c'est ma dernière chance avec Costa, et il se précipita dans la Rua do Ouro en direction de la Câmara Municipal.

9

La nuit, l'Igreja do Carmo en ruine est illuminée, on la voit très bien du Rossio, cette église a été détruite durant le tremblement de terre de 1755 mais le marquis de Pombal a décidé d'en laisser debout les murs et la façade, peut-être prit-il cette décision sur les conseils de Lavínia, je devrai réfléchir à l'importance de Lavínia dans la reconstruction de Lisbonne, il faudrait bien que je donne des nouvelles à Serena, Lavínia avait un petit air de ressemblance avec Serena, je ne sais si cette coïncidence eut un grand impact sur le cours de cette soirée mais il est clair que, se rendant chez Sara pour des raisons occultes, Antoine était de plus en plus excité, j'étais triste à cause de Clara, du départ de Clara quelques heures plus tôt, j'avais pensé à Lavínia et Serena qui m'excitent, c'est indéniable, mais ce que Sara venait faire là-dedans, c'était totalement incongru, j'étais triste, baiser pour oublier l'écrasante tristesse de la fuite de Clara, pour être ailleurs avec elle comme dans un rêve, et en plus il y a souvent dans les rêves cette possibilité de confusion, Clara et Sara, cette envie de coucher avec Sara, je ne l'avais pas ressentie depuis de nombreuses années, alors pourquoi maintenant?

Il était soûl, c'était probablement la réponse la plus simple à cette question imbécile.

Il passa sous l'Arco do Bandeira et entra dans la Rua dos Sapateiros, il s'arrêta comme toujours devant l'Animatógrafo do Rossio, une affiche disait, Peepshow, les grandes portes étaient ouvertes sur la rue mais de grands rideaux rouges empêchaient de voir ce qui se passait à l'intérieur, il aurait pu entrer, ce serait beaucoup plus simple, pensa-t-il, que d'aller chez Sara dans la Bica, c'est tellement facile de coucher avec son ex mais ça donne lieu le plus souvent à d'infinies complications, au remords, parfois même au dégoût, selon l'ex concernée, évidemment c'est le genre de chose qu'on ne choisit pas toujours, dans les faits, on couche avec qui on peut, qui est là, à portée, si j'ose dire, la proximité est certainement un facteur déterminant dans ce genre d'histoire. Il y avait dans la rue, devant les rideaux rouges, une fille court-vêtue, la peau café au lait, un gros cul, on voyait son string rose à travers sa jupe blanche, elle ne ressemble à personne, pensa Antoine, ce serait beaucoup plus simple de baiser ici que d'aller chez Sara, plus anonyme, elle dit, Come on in or you can come upstairs with me, we do whatever you like, avec un fort accent portugais. Les portes de l'immeuble juste à côté de l'Animatógrafo étaient ouvertes sur un petit hall d'entrée en marbre, donnant lui-même sur un escalier, I bet you'd rather come upstairs, dit la fille. Il regarda ses hanches dans la jupe blanche et se sentit très excité, il dit, Ok, vou contigo, et elle, És brasileiro? Vamos, dit-il, et il la suivit dans le hall éclairé par un néon aveuglant qui éclatait sur les murs recouverts d'azulejos bleu et blanc de fabrication industrielle comme on en voyait partout, comme dans cette pension près du Bairro Alto où il avait habité avec Clara la première fois qu'ils étaient venus à Lisbonne, c'est Sara qui leur avait proposé cet endroit, un soir les voisins avaient fait la fête jusque tard dans la nuit, Antoine se souvenait de s'être réveillé en sursaut à cause de la musique, du flamenco criard. Dans l'escalier du bordel, entre le deuxième et le troisième palier, plusieurs azulejos avaient été arrachés, dans le mur des trous, comme des blessures mordorées, lui firent penser à la cage d'escalier de l'immeuble de la Rua da Saudade où il se revit plus tôt ce jour-là à la recherche de Manuel, après avoir abandonné Clara à l'aéroport, montant chez Manuel en espérant y trouver aussi Susana qu'il n'avait jamais vue en personne, pensant à la photo sous le portrait de sa mère jumelle par Christo et alors la pute ouvrit une porte du troisième palier, se retourna vers lui et dit, Faz favor, meu amor, et il eut soudain un haut-le-cœur, pas elle, se dit-il, celle-là est vraiment de trop, cette pute n'avait rien à voir avec personne, il pensa à Clara, à Sara, pas cette pute, et dit, I changed my mind, maybe another time.

En descendant l'escalier à toute vitesse, il se demanda aussitôt pourquoi il lui avait parlé anglais (dans certaines situations, peut-être vaut-il mieux passer pour un touriste). À travers le claquement des talons hauts sur le sol en faux marbre du hall hallucinant de bleu et de blanc, il entendait derrière lui la fille crier, Ingrato! chorinhas! cagarolas! puis, Ne reviens jamais ici, tu ne peux plus venir ici après ce qui vient d'arriver! et devant la porte, un grand Noir baraqué, Pra onde é que corres? où tu cours comme ça? lui dit-il avec un accent brésilien, il avait la même voix que Seu Jorge, Vou-me embora, répondit Antoine, je fous le camp, Pourquoi tu cours alors? tu as fait quelque chose de mal? et il tira de sa poche un couteau, lentement, pour qu'Antoine vît bien qu'il ne s'en sortirait pas sans payer s'il avait fait quelque chose de mal, mais au même moment la pute descendait la dernière volée de marches en disant, Laisse-le tranquille, il n'a rien fait de mal, é um maricas, c'est une tapette, c'est tout, pas de couilles! Le Brésilien rit un peu, rangea sa lame, dit, Turistas, et s'écarta.

Antoine sortit, descendit en courant la Rua dos Sapateiros, n'y vit que quelques rares passants, tous les commerces étaient fermés, il passait dans cette rue tous les jours mais c'était probablement la première fois qu'il s'y trouvait à une heure aussi tardive, il demanda l'heure à un passant qui lui répondit, Je ne sais pas exactement, plus de minuit. Il est tard mais Sara ne dort pas, pensa-t-il, on ne sait trop d'où lui venait cette conviction. Il passa devant un resto indien encore ouvert, un lieu très sombre, et crut voir à l'intérieur un type qu'il connaissait, un imbécile, il ne s'arrêta pas, prit à droite dans la Rua do Arsenal jusqu'à la Praça da Câmara Municipal, puis la Rua Bernardino Costa jusqu'au Cais do Sodré, il courait presque.

Après, c'était un peu plus confus, il se perdait toujours à cet endroit, il savait qu'il devait aller vers le nord dans un dédale de petites rues pour retrouver la Rua de São Paulo. Il retrouva son chemin en contournant l'hôtel Bragança puis passa sous l'arche qu'enjambe la Rua do Alecrim et où se trouve toujours l'enseigne du Texas Bar. Il y avait dans cette rue plusieurs immeubles en ruine, c'est dommage, pensa-t-il, je pourrais vivre là, dans tous ces endroits en ruine, tout retaper, cette ville a besoin de maçons, Lisbonne a besoin de maçons et d'urbanistes ! Il pénétra finalement dans la Rua de São Paulo, monta quatre à quatre l'escalier qui menait jusqu'à la rue de Sara, écrasant sans doute au passage quelques merdes de chiens dont l'odeur se confondait avec celle du charbon de bois. Il y avait juste devant chez Sara une fête quelconque, les musiciens avaient cessé de jouer mais il y avait encore beaucoup de monde dans la rue, buvant et mangeant des sardines, des verres en plastique et des bouteilles de bière jonchaient le sol, partout des sacs à ordures, des poubelles débordantes de détritus. Il y a de quoi faire ici, pensa-t-il en arrivant devant la porte de l'immeuble de Sara.

Il reprit son souffle, regarda autour de lui.

Et sonna.

*

Costa dit, Je connais bien le directeur des ressources humaines de la voirie de Lisbonne, d'ailleurs, il est juste là, tu le vois ? le gros type qui ressemble à non non ne te retourne pas ! mieux vaut qu'il ne te voie pas aujourd'hui, dans cet état, et en plus tu as une grosse tache rose sur ta chemise, ça ne fait pas très sérieux, de toute façon on ne va pas interrompre son dîner pour ça, ce serait incorrect, tu sais, en politique, il faut d'abord et avant tout connaître et respecter les convenances, le reste, avec quelques contacts, ça va tout seul, et ne t'inquiète pas, je lui dirai un bon mot pour toi, On prend du vin ? demanda Antoine, Non, pas de vin, et je te dis ça comme ça mais tu m'as l'air plutôt éméché, tu devrais peut-être ralentir, la langouste est excellente mais très chère, c'est le quartier, on est près de la Câmara Municipal, toutes les huiles de la ville se retrouvent ici, leurs spécialités, ce sont les sardines et le arroz de marisco, toujours très bon, mais bref, pour en revenir aux pavés, je peux parler de toi au directeur, j'ai quelques connaissances au ministère de la Marine et aussi dans le bâtiment, au privé, mais je dois te mettre en garde, ce ne sont pas des emplois très payants, je ne vois pas comment tu pourras payer le loyer avec ce genre de travail, ça dépend du loyer, évidemment.

Vous avez fait votre choix? demanda, interrompant Costa, le serveur, c'était un grand maigre avec de grosses lunettes, il portait un pantalon noir et une chemise blanche, tous les serveurs ici au Portugal portent un pantalon noir et une chemise blanche, il avait les joues creuses et le teint cireux, le menton fuyant, une tête de poisson, pensa Antoine, Vous avez fait votre choix? Oui oui! commandons, pour moi ce sera le bacalhau à Bráz, et pour toi, Antoine? Arroz de marisco, dit Antoine, Excellent choix! dit Costa, Obrigado, dit le serveur en retournant vers les cuisines où, après avoir crié sa commande, il s'assit dans un coin, le restaurant était pourtant plein de gens gras et fortunés, d'autres serveurs couraient en tous sens mais lui, après avoir pris la commande d'Antoine et Costa, il se permettait de s'asseoir tranquille quelques instants, je ne sais pourquoi j'ai remarqué ça, peut-être était-il le patron, il pouvait se la couler douce.

Bon, qu'est-ce que tu disais? reprit Costa, Je ne disais rien je, Ah! je me souviens! je me disais que tu pourrais peut-être travailler au PSD comme traducteur, interprète, ce genre de chose, je ne crois pas qu'il existe officiellement un poste de ce type à l'heure actuelle mais je peux sûrement en parler et on s'organisera bien, avoir quelqu'un qui parle français et anglais, tu parles anglais, n'est-ce pas? Oui, répondit Antoine, Excellent! bref ça ne peut pas nuire, et si tu avais fait des études de commerce ou quelque chose du genre, tu as fait des études de comm, Non, répondit Antoine, Ah, ce n'est pas grave, évidemment, mais si tu avais fait des études de commerce, tu ferais ton chemin ici, tu serais comme un poisson dans l'eau, cela dit, avec l'anglais, déjà, c'est quelque chose, et pour Clara, à la Câmara municipal, comme urbaniste, Clara est bel et bien urbaniste, n'est-ce pas? Oui, répondit Antoine, Je pourrais peut-être faire quelque chose et là, continua Costa, sur le plan salarial, c'est tout de même plus intéressant, pas génial, mais certainement mieux que le bâtiment où il règne une corruption de tous les diables, remarque, ça ne pourrait pas fonctionner autrement, évidemment, et ce sont souvent les petits employés qui écopent, les salaires restent bas, parfois on ne les paie même pas, on fait semblant d'oublier, mais comme les travailleurs sont presque tous des immigrants ils ne rouspètent pas trop, alors les entrepreneurs en profitent, et avec la crise en plus, ufa! dans le bâtiment tout le monde lutte pour sa survie et tu sais ce que c'est, les gens sont comme les poissons, ils cherchent systématiquement à se manger les uns les autres et bon, forcément, les plus gros finissent toujours par manger les plus petits, c'est dans l'ordre, il me semble que le mieux serait qu'une multitude de petits mangent un gros de temps en temps, ça équilibrerait les choses, mais dans la réalité ce sont toujours les gros qui mangent une multitude de petits, il n'y a qu'à voir dans l'histoire, les grands qui dirigent les villes, les provinces, les pays, ils ne se contentent pas de manger les petits un par un, ils dévorent, avalent des peuples entiers! mais que veux-tu, il faut vivre avec cette réalité, finalement je vais peut-être prendre une bière, dis donc, j'y pense, comment va Clara? c'est bien la première fois que je te vois sans elle, d'habitude vous êtes inséparables, en tout cas tu lui transmettras mes salutations et celles de Lavínia, faz favor! uma imperial, obrigado, oh! donne-moi une minute!

Costa sortit de table et alla à la rencontre d'un gros personnage très distingué qui venait d'entrer dans le restaurant, ils se serrèrent la main, discutèrent à voix basse pendant plusieurs minutes puis se séparèrent sur un sourire complice.

Costa revint à la table, s'assit et demanda, Mais d'où te vient, Antoine, cette obsession du bâtiment? Lisbonne a besoin de maçons, dit Antoine, et d'horlogers, Ah! ça c'est vrai que c'est un problème, avec tous les travailleurs qui s'exilent partout en Europe où les salaires sont beaucoup plus élevés qu'ici, mais actuellement la conjoncture n'est pas idéale pour les maçons, et qu'est-ce que c'est que cette histoire d'horlogers? Il faut des horlogers, il est impossible de savoir l'heure dans cette ville, pas une horloge à l'heure, expliqua Antoine, Je ne crois pas que Lisbonne ait vraiment besoin d'horlogers, je pense que tu inventes des problèmes, mais pour les maçons peut-être, cela dit, avec l'immigration, les Ukrainiens, les Brésiliens, sans parler des Africains, il y a de plus en plus de maçons et ils sont de moins en moins bien payés, pourquoi tu n'enseignerais pas le français? ce n'est pas non plus très payant mais c'est mieux que le bâtiment, et tout aussi constructif, ha ha! si tu me passes le mot, il faut donner la chance aux Portugais de s'ouvrir sur le monde, comme à la glorieuse époque des Découvertes, leur redonner leur ancestral désir de conquête! bon, voilà que je parle comme un politicien, oublie ça, écoute, je veux bien essayer de comprendre tes histoires de reconstruction de Lisbonne mais le terramoto, actuellement, il est économique, c'est une drôle de métaphore mais ici au Portugal, et surtout à Lisbonne, les gens voient constamment des tremblements de terre, des malheurs partout, c'est très catholique comme attitude, ils ne comprennent pas que, pour améliorer la situation, il faudra faire des sacrifices, se serrer les coudes, se montrer soucieux du bien commun, et que celui-ci prévale contre l'appétit particulier de chacun! mais les Portugais ne sont pas prêts à entendre ça alors ils cherchent des sauveurs, ils élisent un premier ministre qui s'appelle Socrates et un maire qui s'appelle António et ils pensent qu'ils vont tout révolutionner, qu'ils vont nous sauver le pays de la catastrophe, du désastre comme le marquis de Pombal après le terramoto mais ça n'arrive pas, évidemment, on ne peut pas tous être des marquis de Pombal, et alors le peuple sombre dans la mélancolie et l'alcoolisme, c'est drôle, je ne sais pas pourquoi j'ai pensé au marquis de Pombal mais ça me rappelle une histoire, Lavínia, dans les premiers temps de nos fréquentations, a rêvé presque chaque jour pendant deux semaines qu'elle était la femme du Marquês de Pombal et qu'ils discutaient ensemble de la reconstruction de Lisbonne, c'est drôle, non?

Faz favor, dit alors le serveur en posant les plats devant eux sur la table, puis, sans même les regarder, Bom apetite, et il retourna s'asseoir dans son coin.

Tu verras, recommença Costa, c'est un des meilleurs arrozes de marisco en ville, et ce bacalhau à Bráz! mon plat préféré, et j'aime autant en profiter maintenant parce que, si ça se trouve, bientôt, il n'y aura plus de morue, tu sais que toute la morue consommée au Portugal vient de Norvège? il y a des années que les Portugais n'en pêchent plus, on n'importe pas que des travailleurs du bâtiment, on importe aussi de la morue, et je n'ose imaginer quels drames nous vivrons ici lorsque l'espèce s'éteindra! ce sera une catastrophe nationale! et le pire, c'est que cette catastrophe est désormais inévitable! il est trop tard! on ne peut plus rien y faire! à défaut d'avoir pu les sauver, on érigera des monuments à la mémoire de toutes les morues qui contribuèrent au développement de la nation portugaise, ce sera bon pour le bâtiment, tous ces monuments, ha! ha! d'ailleurs, ce serait un bon sujet de roman, à la Saramago, du genre, Lorsqu'ils relevèrent leurs filets ce jour-là, les pêcheurs norvégiens constatèrent qu'ils étaient vides de morue, ha! ha! ce serait un immense succès! à condition que ce soit bien fait, évidemment, et le arroz, il est bien fait? Oui, répondit Antoine, je prendrais bien un peu de vin blanc, pas toi? Non merci, pas de vin pour moi, le crabe est bon? moi j'adore le crabe, le meilleur que j'ai mangé, c'était à Hawaii, l'an dernier, une variété spéciale qu'on ne trouve nulle part ailleurs, c'était très bien Hawaii, les plages sont magnifiques, et les vagues! parfois vingt mètres de haut! c'était vraiment très impressionnant, mais à la fin, le ukulélé, on en avait vraiment marre, nous avons assisté aussi à une compétition de plongeon extrême, cliff jumping, tu vois? les gens sautaient d'une falaise, le saut de l'ange, tu vois? une très haute falaise, c'était peut-être au Brésil en fait, il y a deux ans, je ne sais plus, en tout cas c'était très impressionnant.

Tout en dévorant son bacalhau à Bráz comme si dans son assiette se trouvait la dernière morue de l'océan, Costa continua de jacasser. Partout autour les gens lui ressemblaient, de temps en temps l'un d'eux s'arrêtait à notre table pour lui parler, lui dire des banalités farcies de formules de politesse compliquées dont Antoine ne saisissait pas toujours les nuances. Il réussit malgré son ébriété à rester poli, imiter Costa, se disait-il dans sa tête, parce qu'en réalité il ne dit pas un mot, se contenta de regarder ces gens comme s'il les écoutait et compatissait avec eux, avec leurs inquiétudes de bourges, attentif et suspendu à leurs lèvres, écoutant en silence et marquant à chacune de leurs paroles son étonnement, son admiration et son assentiment comme s'il avait tout compris alors qu'il ne comprenait à peu près rien, je veux dire, il comprenait les mots, les phrases, mais pas le sens de cette mascarade, pas leur rapacité, leur égoïsme, il pensa, não deixe morrer a Mouraria e obra a obra Lisboa melhora, c'est de la merde! pourquoi je suis ici? je ne veux rien savoir de ces gens, rien savoir de Costa, Costa ne construit pas le Portugal, Costa détruit le Portugal! c'est contre Costa qu'il faut se battre, Costa et ses semblables! ce n'est pas pour aider Costa que je reste ici, c'est certain.

Dès qu'ils eurent terminé, Quelle heure est-il? demanda Costa, Je ne sais pas, répondit Antoine, Bon, je vais devoir y aller bientôt, dit Costa, Il faut que je te parle d'un truc, dit Antoine, Ah oui! cette histoire de bâtiment, tu savais en passant qu'il n'y a que seize personnes dans l'équipe qui refait les pavés? pour tout Lisbonne! et c'est très difficile d'y entrer, il y a un processus de sélection et de qualification très complexe, d'ailleurs, as-tu déjà fait ça, du pavage? parce que si tu n'as pas d'expérience ce n'est même pas la peine d'y penser, avec ou sans contact, dans cette équipe il faut un rythme minimum, c'est la même chose pour tout ce qui concerne le ravalement des façades, la Câmara Municipal déploie des efforts sans précédent pour améliorer l'apparence de la ville, obra a obra Lisboa melhora, et le ravalement des façades est la grande priorité du PSD, pour lequel je travaille comme tu le sais sans doute, afin d'améliorer la vie des gens il nous semble primordial de nous concentrer d'abord sur les façades, pour le reste, on verra ensuite, évidemment je ne parle que de l'aspect urbanistique de notre plateforme, d'ailleurs je pourrais sans doute trouver quelque chose à Clara au parti pour ce volet de notre programme, je ne dis pas que nos propositions sont faibles mais elles bénéficieraient sans doute d'un avis extérieur et idéologiquement objectif, il y a des trucs à peaufiner afin d'attirer les investisseurs étrangers à Lisbonne, c'est certain, et, par ailleurs, si notre plateforme électorale ne parle que de l'importance économique de notre politique de façade, j'ai peur qu'on ait du mal à rejoindre les couches les plus basses de la population, et pour gagner les prochaines élections il faudra clairement voler des sièges aux socialistes et à la droite nationaliste et de nouvelles idées sont toujours les bienvenues, surtout de la part des étrangers, pour qu'une idée soit valable ici, il faut qu'elle soit millénaire ou étrangère, si tu y tiens absolument je veux bien essayer de t'aider dans ton utopie du bâtiment, Costa, dit Antoine, il faut que je te dise, en fait j'ai plusieurs choses à te dire, Mais oui, vas-y, bien sûr, je t'écoute je, D'abord, l'interrompit Antoine, je dois m'excuser une fois de plus pour notre rendez-vous manqué d'hier et aussi d'être un peu pompette actuellement, ce n'est pas dans mes habitudes de me soûler comme ça mais Clara est retournée à Montréal hier et je ne suis pas sûr qu'elle reviendra, Mais elle reviendra quand? demanda Costa, Je te dis que je ne sais pas si elle reviendra, elle ne reviendra peut-être pas, alors je te remercie de ta proposition quant au volet urbanistique du programme du PSD mais pour l'instant ce serait inutile, Je suis désolé, dit Costa, je ne savais pas, et

Antoine, Tu ne pouvais pas savoir, mais ce travail de pavage, ou dans le bâtiment, n'importe quoi, c'est important, j'ai l'impression que c'est important, je pense que ça pourrait m'aider à convaincre Clara de revenir, et bon, je ne saurais pas trop t'expliquer pourquoi mais pour moi, ça a un sens, comme ce rêve de Lavínia dont tu me parlais tout à l'heure, dans lequel elle était la maîtresse du marquis de Pombal, Je ne comprends pas, dit Costa, Moi non plus, dit Antoine, pour l'instant, mais bon, ça a un sens, j'en suis sûr. Costa hésita et dit, Je vais voir ce que je peux faire.

Ils restèrent assis silencieusement à leur table encore quelques minutes, Costa n'avait curieusement plus rien à dire, il parla bien un peu au serveur mais ne s'occupa plus d'Antoine, évitait son regard, visiblement mal à l'aise. Antoine était désormais convaincu que Costa ne ferait rien pour lui, ne jamais demander de l'aide à ces bourgeois du PSD, pensa-t-il. Costa finit par demander l'addition et dit, C'est pour moi, en donnant à Antoine une tapette sur l'avant-bras, il faut toujours inviter les immigrants. Antoine se demanda s'il ne s'agissait pas d'une espèce de dicton populaire.

Ils sortirent ensemble du restaurant, firent quelques pas et, devant l'hôtel Bragança, Costa dit, Je vais par là, et toi? Je vais par là, répondit Antoine en faisant un geste vague dans la direction opposée, il n'avait en fait nulle part où aller mais, tant que ce n'était pas avec Costa, c'était bon pour lui, Je dois retourner à la Câmara Municipal, dit Costa, Je vais au Bairro Alto, dit Antoine. Ils se serrèrent la main et partirent chacun de son côté.

*

Mais puisque je te dis que ça va! il n'est pas si tard! dit Sara en le guidant à travers son appartement, il y a une fête de quartier, les musiciens viennent à peine de cesser de jouer, continua-t-elle, au début quand je suis venue vivre ici, je me disais, Lisbonne est une ville où on ne dort jamais, et je trouvais cela très poétique, mais toi, dis-moi, tu es seul? tu t'es disputé avec Clara? Clara est partie ce matin, Pour Montréal? Oui, Et toi? tu pars quand? Moi je reste, Tu restes? Je reste, je veux vivre ici, répondit Antoine en s'effondrant sur le sofa, et elle, Non! c'est vrai? Oui, Mais elle revient quand? demanda encore Sara, Je ne sais pas, Comment tu ne sais pas? je ne comprends pas, toi tu restes et elle, elle est partie pour de bon? Oui, je veux vivre ici, Sans elle? Si c'est ce qu'il faut, Ben dis donc, tu as de drôles de priorités, mais je suis d'accord avec toi, rien n'est plus important que la liberté, conclut Sara en s'asseyant devant lui dans un grand fauteuil à oreilles d'une autre époque, et Antoine, Ça n'a rien à voir avec la liberté, c'est plus une question de sérénité, Mais qu'est-ce que

[219]

tu racontes là ? le coupa Sara, qu'est-ce que c'est que cette histoire de sérénité ? tu es beaucoup trop angoissé pour pouvoir jamais accéder à quelque forme que ce soit de sérénité ! Lisbonne m'apporte une sérénité impossible ailleurs, expliqua Antoine, Ce que tu peux être sentencieux, le coupa de nouveau Sara, mais fais attention à Lisbonne, Manuel t'a déjà raconté cette histoire de crabe hawaiien ? Non euh, peut-être, je ne sais pas, Eh bien tu verras que Lisbonne est un panier de crabes hawaiiens, garde ton indépendance ! ne deviens jamais lisboète ! et tu dis que Clara ne reviendra pas ? c'est dommage ! moi j'aimais bien Clara, c'était une fille décidée, énergique, cela dit, je l'ai toujours trouvée un peu princesse et ça m'a un peu étonnée au début de te voir avec elle parce que j'avais toujours cru que tu étais incapable de supporter ce genre de caractère, ce genre de femme, Je ne crois pas qu'elle soit princesse, dit Antoine, Mais si ! le coupa Sara, cette manière qu'elle avait de s'imposer par le silence ! Tu parles d'elle au passé, dit Antoine, Elle est partie, non ? Elle n'est pas morte, continua Antoine, et elle reviendra peut-être, Oui, tu as raison, elle reviendra peut-être, dit Sara, n'empêche qu'elle avait ses petits airs, ta Clara, tu ne peux pas le nier, il est vrai cela dit que je la connaissais mal, je ne lui ai jamais vraiment parlé, j'ai toujours considéré son silence comme une marque d'animosité à mon endroit, mais c'est normal ce genre de jalousie, je suis ton ex après tout, elle aussi d'ailleurs! elle s'esclaffa, et maintenant il faut te ressaisir! allons Antoine! du nerf! il faut passer à autre chose, tu vois, selon moi, Clara était une petite pimbêche, ses airs de sainte en pâmoison, c'était de la fausse représentation, Elle n'est pas pimbêche, dit Antoine, elle est discrète, réservée, Je suis sûre qu'elle parle sans arrêt quand je ne suis pas là, reprit Sara, qu'elle dit du mal, qu'elle méprise, je me trompe rarement sur ce genre de chose, elle pose, je t'assure, les blondes sont rares à Lisbonne, alors forcément on les remarque, les hommes se retournent, les regardent même lorsqu'elles sont moches, je ne dis pas que Clara est moche mais à force de se faire regarder comme ça sans arrêt, on finit par se faire des idées, s'imaginer des choses, on commence à minauder, à faire la pimbêche, tu veux boire quelque chose?

Elle se leva et se dirigea vers la cuisine, elle revint quelques secondes plus tard avec deux verres et une bouteille déjà entamée de vinho verde, Ça te va, du vinho verde? j'ai aussi du whisky, si tu préfères quelque chose de plus tonifiant, Non, du vinho verde, c'est parfait, dit Antoine alors que Sara s'installait à côté de lui sur le sofa, Très bien, et maintenant, dis-moi pourquoi tu es venu me voir, ah non ah non, d'abord nous trinquons, à Clara! Antoine ne répondit pas, ne leva pas son verre, il but, Bon, reprit Sara en lui posant la main sur le bras, pourquoi es-tu venu me voir moi? à une heure du matin! Déjà une heure? s'étonna Antoine, cette main sur son bras, c'était une habitude de Sara, elle faisait toujours ça devant Clara, se collait sur lui comme une amoureuse, ça l'énervait mais Sara ne semblait pas s'en rendre compte et il avait toujours été convaincu que ça ne voulait rien dire. Cependant, à ce moment précis, cette main sur son bras pouvait laisser présager (espérer?) autre chose, il regarda la main blanche de Sara et s'imagina en train de la prendre en levrette, ne pas la regarder dans les yeux, Sara l'ennuyait, lui tapait sur les nerfs même, il se demanda tout à coup ce qu'il faisait chez elle mais en même temps il était vraiment très excité, il pensait à Clara, peut-être Sara ressemble-t-elle un peu à Clara, peut-être que faire l'amour à Sara me rapprocherait de Clara, peut-être Sara deviendrait-elle Clara? Il prit une gorgée de vin en espérant retrouver un peu ses esprits mais cette idée absurde était là bien ancrée, il se mit à chercher Clara dans Sara.

Quand on observe la scène avec un peu de recul, cette histoire semble totalement absurde, mais c'est la manière que j'ai trouvée de m'expliquer les choses. Mon désir de Sara me venait du manque écrasant de Clara, de l'angoisse de ne jamais la revoir et du désir d'oublier un instant que je ne la reverrais jamais. Assise avec deux de ses amies à la table derrière moi, dans la salle de bal de la Casa do Alentejo, une fille raconte une histoire à ses amies et sans doute ont-elles un petit verre dans le nez parce qu'elles parlent vraiment très fort, des voix criardes, et à tout moment elles s'esclaffent, je dis souvent qu'il n'y a rien de pire qu'une vieille Portugaise qui crie, mais en ce moment il n'y a qu'elles, ces jeunes filles qui crient et rient, des cris stridents de vieilles femmes, même les jeunes, quand elles crient, vieillissent d'un coup, se dessèchent et pâlissent, celle qui raconte est plutôt jolie, elle me fait penser à Susana, pas l'amie de Manuel, plutôt celle de la Leitaria A Camponeza que Vasco appelait Severina, mais sa voix m'est en ce moment tellement désagréable que je préférerais me faire fraiser une dent que de l'entendre décrire à ses amies sa dernière soirée dans un bar d'Alcântara, J'ai dansé toute la nuit avec un Africain magnifique, il avait la même voix que Seu Jorge, Mais alguma coisa ? autre chose ? me demande alors le serveur, je le connais bien, je viens ici pratiquement tous les soirs, Un verre de blanc, réponds-je à monsieur Tavares, et j'ai déjà perdu le fil de l'histoire de la jeune fille mais ce n'est pas important, retourner à la mienne.

La voisine de Sara mit de la musique très fort, ça résonnait dans la minuscule cour intérieure de l'immeuble, il n'y avait plus dans l'appartement de Sara que cette musique, du flamenco, Paco de Lucía, un truc du genre, je me levai, allai à la fenêtre et entendis cette voisine parler français à un type très grand, elle l'engueulait, Ah! mais ça suffit merde! je n'en peux plus de cette ville qui pue! sors-nous d'ici, c'est assez! Mais qu'est-ce qu'ils ont encore à crier ces deux-là? demanda Sara en se plantant devant la fenêtre, tout près d'Antoine, ces gens sont tellement bruyants, ils passent leur temps à s'engueuler, je pense qu'ils s'imaginent que la musique étouffe leurs cris, La femme crie, l'homme ne dit rien, précisa Antoine, C'est toujours comme ça, au milieu de la nuit, quand ils sont soûls, elle se met à lui crier dessus, lui ne dit rien et met la musique à fond, mais un jour il lui a foutu une gifle, j'ai failli appeler la police, ils étaient à la fenêtre, elle était très près de lui et il ne disait rien, il l'écoutait raconter son histoire et à un moment leurs bras se touchèrent, C'est vraiment insupportable cette musique, dit Antoine, Le quartier est comme ça, dit Sara, depuis quelques années, c'est très bruyant, il y a des bars, moi j'aime bien cette atmosphère, Antoine n'aimait pas du tout mais espérait que quelque chose se passe, il était très triste, il aurait voulu être avec Clara, il savait que Clara aurait détesté cette musique avec lui, Sara était tout contre lui, il faisait chaud, Clara et lui auraient pu être dégoûtés ensemble par cette horrible musique que Sara trouvait normale, la chaleur du corps de Sara, ce serait si bon d'être avec Clara, pensa-t-il en posant doucement sa main sur la taille de Sara, elle ne broncha pas, il fit tranquillement glisser sa main jusqu'au bas de son dos, Ouf, il fait chaud! dit-elle alors, et à ce moment il la plaqua contre lui et, en lui caressant les fesses, l'embrassa dans le cou, elle ne réagit pas, il eut l'impression durant deux secondes qu'elle se laissait faire mais, lorsqu'il voulut l'embrasser sur la bouche, elle résista, il sentit qu'elle résistait alors il insista, je pensais qu'elle ne s'agitait que pour la forme, mais elle se mit soudain à se débattre puis, se défaisant de lui pour de bon, le gifla, ce qui le fit un peu revenir à lui, Qu'est-ce que tu fous, Don Juan! tu es con ou quoi? cria-t-elle en le poussant encore, puis, Qu'est-ce qui te prend? ta femme vient de te plaquer et tu ne trouves rien de plus intelligent à faire que te précipiter chez ton ex pour lui palper le cul! allez, fous le camp de chez moi! ben dis donc, le moins qu'on puisse dire c'est que ça ne s'améliore pas avec les années! allez, sors d'ici, je te dis! des cris stridents de vieille femme, elle était toute pâle.

Antoine ne comprenait pas ce qui se passait, il regarda dans les yeux Sara qui criait et tout à coup rien ne fut plus important pour lui que de se pousser de là, rien à faire ici, pensa-t-il, qu'est-ce qui m'a pris? cette harpie! il traversa l'appartement, sortit en laissant derrière lui la porte ouverte et descendit l'escalier quatre à quatre. Sur le palier du deuxième, il crut entendre quelqu'un appeler, Antoine! il s'arrêta et entendit très clairement Sara qui criait, Antoine! Antoine! ses cris résonnaient dans la cage d'escalier à travers la musique de Paco de Lucía mais il ne répondit pas et continua à descendre. Dans le hall d'entrée, avant de sortir dans la rue, il s'arrêta et reprit un peu son souffle, on n'entendait plus que la musique des voisins, Sara n'avait sans doute pas encore fermé la porte. Il imagina qu'elle cherchait à entendre ses pas dans l'escalier.

10

Je ne sais plus exactement comment je suis rentré chez moi, chez Rita, je veux dire, à la Villa Sousa, je ne me souviens plus des détails. Je sais que je suis passé par le Bairro Alto, je cherchais le Maria Caxuxa, nous y étions allés souvent avec Clara, lors d'une de leurs premières soirées à Lisbonne ils étaient allés à la Casa da Índia, un restaurant pas cher tout près de la Praça de Camões, et ils avaient parlé avec des gens, des Portugais qui leur avaient recommandé le Maria Caxuxa et, après avoir mangé, ils s'y étaient rendus, il devait être vingt-deux heures. À cette époque les bars du Bairro Alto ne fermaient que vers quatre ou cinq heures du matin, et ensuite les gens continuaient à boire dans les rues pendant encore une heure ou deux, alors vers vingt-deux heures, forcément, il n'y avait pas un chat au Maria Caxuxa. Clara et Antoine s'étaient assis dans un coin, sur un vieux sofa défoncé et ils avaient bu des bières, la musique était excellente, le D.J.

avait mis trois ou quatre pièces de suite de Thelonious Monk et leur faisait des signes avec le pouce parce qu'ils dansaient sur le sofa, il voyait qu'ils avaient l'air content et, sans rien vouloir enlever au Maria Caxuxa et à sa clientèle, ça ne devait pas arriver souvent que des gens y apprécient ce genre de musique.

En quittant Costa au Cais do Sodré, il avait pris la Rua do Alecrim, puis remonté le Chiado jusqu'à la Praça de Camões. De là, il avait pénétré dans le Bairro Alto, c'était l'heure de la fermeture des bars. Un an plus tôt, la Ville avait décrété que tous les établissements du quartier devaient fermer à deux heures, et donc après trois heures il n'y avait plus un chat, c'était bien triste quand on avait connu le passé, mais de une à trois heures du matin on ne circulait qu'à grand-peine dans les petites rues bondées. Antoine se sentait bien parmi tous ces gens, l'anonymat lui faisait du bien. La dernière fois qu'il était venu là à cette heure, c'était avec Clara, João, Joaquim et Manuel, en revenant de l'Estrela Morena, le restaurante caboverdiano, ils avaient bu quelques bières dans les rues et étaient descendus jusqu'à la Praça de Camões où ils avaient pris un taxi avec Manuel jusqu'au Largo da Graça.

Antoine marcha parmi les gens, une main dans sa poche, palpant son portefeuille, être vigilant dans la foule, au Bairro Alto affluent les pickpockets, et c'est alors qu'il sentit au fond de sa poche la clé de Susana et pensa, si elle n'a pas retrouvé Manuel, Susana doit errer encore dans les rues, peut-être n'a-t-elle nulle part où aller ! Il se rappela que Manuel lui avait donné rendez-vous plusieurs heures plus tôt dans la Baixa, mais il était évidemment inutile de s'y rendre maintenant, et de toute façon il ne se souvenait même plus du lieu de ce rendez-vous, à cette heure, pensa-t-il, Manuel doit être par ici, dans le Bairro Alto, mais avec cette foule ça ne servirait à rien d'essayer de le retrouver. Antoine connaissait bien quelques endroits où Manuel avait l'habitude de terminer ses soirées, comme le Maria Caxuxa, mais il était complètement perdu, il n'avait jamais trop réussi à s'orienter dans le Bairro Alto, où toutes les rues se ressemblent.

N'importe quel bar, pensa-t-il, un dernier verre, après je rentre. Une petite foule s'était formée devant une boîte de nuit dont les grandes portes donnant sur la rue étaient ouvertes, il voulut entrer mais un portier lui dit que c'était fermé, il y avait encore beaucoup de monde à l'intérieur, Je veux juste acheter une bière, dit Antoine, mais le portier ne voulut rien savoir. Il était en train de se demander où aller lorsqu'il entendit derrière lui des cris dans la foule à quelques mètres seulement, une femme en furie, É sempre a mesma coisa contigo ! la foule s'écarta, fit au couple une petite clairière, la femme poussait l'homme en l'insultant, Acalma-te, lui disait-il, calme-toi, mais elle ne voulait rien entendre, il tenait des verres, un dans chaque main, elle le poussa de nouveau et le type trébucha, tomba et se broya une main sur un des verres qu'il tenait encore quelques secondes plus tôt, il restait assis par terre, il saignait, cria, Puta! regarde ce que tu as fait! que idiota! connasse! tu es complètement cinglée! mais elle continuait elle aussi à crier, à lui mettre des coups de pied, ils étaient soûls de toute évidence, deux types finirent par s'interposer, l'un d'eux dit à la fille, Cala-te ou chamo a polícia, está ferido, não vês? tais-toi, tu ne vois pas qu'il est blessé? mais la fille continuait et au bout de quelques secondes il la gifla, et c'est seulement après la deuxième gifle qu'elle cessa de gueuler. Son amant était toujours assis par terre, la main tendue devant lui (comme demandant la charité), il saignait beaucoup, un autre type lui tendit sa chemise, dans laquelle il enveloppa sa main. Antoine reprit sa route.

Il finit par trouver son chemin hors du Bairro avec l'impression d'avoir longtemps tourné en rond, il était très fatigué. Je me souviens qu'il finit par retrouver la Praça de Camões, redescendit dans la Baixa, probablement par le Chiado, et traversa le Rossio pour se rendre à la Praça Martim Moniz, puis dans la Rua da Mouraria jonchée de bouteilles vides et de clochards cadavériques, il pensa à Ciro mais ne le vit nulle part. Il aperçut toutefois un vieillard qu'il croisait souvent, il avait une grosse barbe blanche et la voix tellement rauque qu'on ne comprenait rien de ce qu'il disait, un jour Antoine avait été très surpris de le voir, sur le Rossio, feuilletant un journal, il n'avait jamais imaginé que les clochards lisaient les journaux, mais bon, il aurait dû y penser, c'était idiot, le vieux criait et Antoine ne comprit comme d'habitude rien de ce qu'il disait, toujours la même chose, crier si fort sans être compris jamais, pensa-t-il, ce doit être triste, mais probablement que les gens autour de lui, les Portugais je veux dire, eux, comprenaient déjà un peu mieux. Si ça se trouve, le problème était essentiellement linguistique.

En sortant de la Rua da Mouraria, il prit à droite dans la Rua dos Cavaleiros et arriva à la Rua de Marquês de Ponte de Lima, là où se tenaient les dealers. Il y avait toujours un type en faction à l'intersection de cette rue et de la Rua dos Cavaleiros, il portait un bermuda et un maillot du Benfica tellement délavé qu'il était rose, des sandales en plastique. Un peu plus haut, sur le Largo do Terrerinho, débouchait aussi la Travessa dos Lagares où tous les jours des hommes se regroupaient, chahutaient et buvaient de la bière, il y avait partout sur le sol des bouteilles et des canettes de bière, des sacs à ordures, et c'est sur cette place qu'Antoine se retrouva cette nuit-là, il y était passé des dizaines et des dizaines de fois mais avait toujours du mal à se rappeler la configuration des lieux, la manière dont se recoupaient rues et becos. Il tenait dans sa main, au fond de sa poche, la clé de Susana, en piquant à travers la Mouraria je peux aller d'une manière ou d'une autre jusqu'à la Rua da Saudade, je retrouverai peut-être Susana, pensa-t-il. Il jeta un coup d'œil dans la ruelle et entra.

C'était idiot d'aller là, dangereux, il le savait, il s'y était retrouvé un jour avec Clara, en plein cœur d'après-midi, et ce n'était pas beau à voir, des junkies se piquaient en plein milieu de la rue. Mais il voulait retrouver Susana, il ne voulait pas qu'elle passe la nuit dehors par sa faute et croyait que le plus court chemin vers chez elle se trouvait quelque part dans le dédale de la Mouraria. En fait, retrouver Susana n'était sans doute qu'un prétexte, il savait bien qu'il n'y avait à peu près aucune chance qu'elle passât la nuit dehors, elle devait bien avoir à Lisbonne d'autres amis que Manuel, Antoine avait certainement plus peur en réalité de rentrer chez lui que de ce qu'il trouverait dans la Mouraria, et de toute façon il n'y avait là que des types effondrés un peu partout et des bouteilles vides éparpillées sur le sol, des seringues aussi, il vit quelques dealers mais à cette heure de la nuit, c'était tranquille. Antoine était encore passablement soûl, il avait cependant plus l'air d'un touriste égaré que d'un junkie, les dealers le regardèrent à peine. Un peu plus loin, il arriva à un embranchement, d'un côté il y avait certainement la Mouraria, de l'autre, il ne savait pas. Il cherchait Susana, pas l'inconnu. Il s'enfonça dans la Mouraria.

Il ne se rendit pas compte tout de suite qu'il aurait bien mieux fait de redescendre dans la Baixa pour contourner la colline jusqu'à la Rua da Madalena. La Mouraria est un labyrinthe de ruines, la moitié des maisons étaient au bord de l'écroulement, sur le Largo da Rosa, il y avait encore les vestiges d'une fête de quartier et une grande banderole au milieu de la place qui disait, Não deixe morrer a Mouraria. Après une vingtaine de minutes à tourner en rond, il pensa qu'il ne sortirait jamais de là seul, c'est moi qui vais dormir dehors, je ne pourrai jamais retrouver Susana ni rentrer chez moi. Il erra longtemps dans les rues et les ruines sans savoir où il était. Quelques petits bars étaient encore ouverts devant lesquels des gens buvaient et fumaient, il y avait du bruit, on parlait fort, rien de comparable avec le Bairro Alto cela dit, une clientèle de quartier, en somme. Il finit par atterrir devant l'église São Cristovão, il n'était jamais allé de là jusqu'à la Rua da Saudade mais au moins il savait où il se trouvait. Ce n'était pas un quartier pauvre, en deux cents mètres on passait des ruines aux demeures cossues, anciens hôtels particuliers. Il remonta la Calçada de Marquês de Tancos jusqu'à la Costa do Castelo qui devient un peu plus loin la Rua do Milagre de Santo

António, et s'arrêta à une intersection. À gauche, en haut de la rue, se trouvait le Castelo São Jorge, tout droit, il arriverait à Cerca Moura par la petite Rua das Damas, il était souvent passé là avec Clara, c'était un des parcours qu'ils empruntaient pour rentrer dans la Graça. Il prit finalement à droite une rue qui menait, dans ses souvenirs, à la Rua da Saudade.

C'était une rue très sombre, il marcha pendant quelques minutes dans le noir, d'un rond de lampadaire à l'autre, il était forcément sur la bonne voie, en fait, il se trouvait déjà sans le savoir dans la Rua da Saudade, il s'en rendit compte en voyant au-dessus d'une porte un 8 couché sur le côté. Il regarda autour de lui mais ne vit pas Susana, je veux dire, elle n'avait pas de clé, elle aurait pu être couchée sur un trottoir à l'attendre, il leva les yeux vers ses fenêtres, au quatrième étage, pas de lumière. Il sonna tout de même, plusieurs fois, la porte ne s'ouvrit pas. Il se planta au milieu de la rue et cria, Susana! tu es là? Susana! ouvre-moi! Il vit alors s'illuminer les fenêtres des immeubles tout autour, puis de fantomatiques petites vieilles s'y installer pour observer la scène, Antoine continua, Susana! ouvre! je te demande pardon! Une des petites vieilles ouvrit sa fenêtre et cria, Si vous ne cessez pas de crier, j'appelle la police! Susana! cria encore Antoine, d'autres fenêtres s'ouvrirent et les petites vieilles crièrent en chœur, Cessez de crier ou nous appelons la police! Ça ne sert à rien, pensa Antoine, mieux vaut rentrer, dormir. Il salua les vieilles comme un acteur sortant de scène et retourna sur ses pas.

Il pensa plusieurs jours plus tard qu'au lieu de crier dans la rue il aurait pu utiliser la clé et entrer chez Susana. Mais ce n'aurait certainement pas été une bonne idée.

Je me permets d'ajouter qu'Antoine n'avait que la clé de l'appartement de Susana, pas celle de la porte donnant sur la rue, par conséquent, il n'aurait pu entrer dans l'immeuble. Mais même longtemps après les événements, cette idée ne lui traversa jamais l'esprit et, bien que cela n'eût aucun sens, il resta convaincu d'avoir abandonné Susana.

*

Arrivé au bout de la Rua da Mouraria, il prit à droite dans la Rua dos Cavaleiros qu'il monta comme d'habitude. À cette heure l'endroit n'avait rien de rassurant, il y avait quelques junkies couchés le long des murs ou se shootant sous un lampadaire, une fille très maigre, debout au milieu de la rue, regardait le ciel. Il arriva à la Rua de Marquês de Ponte de Lima où, sur le trottoir d'en face, un type se tenait en faction, il y était chaque jour d'ailleurs, debout à cette intersection. Un petit chien sale vint se frotter sur Antoine qui s'assit par terre, le caressa un peu et lui dit, Perseverança! Quelqu'un siffla, le chien se sauva. Antoine resta là quelques instants à regarder autour de lui. Un peu plus haut, sur le Largo do Terrerinho, une fille trop grasse assise sur un pilier de béton ajustait son soutien-gorge, la lumière se reflétait sur ses seins mouillés de sueur, d'autres types chahutaient en buvant de la bière, assis dans un escalier de pierre. Il se releva, traversa la rue et, passant devant le type en faction, entra dans la Rua de Marquês de Ponte de Lima.

C'était idiot de passer par là, il s'éloignait de chez lui, s'éloignait de la Graça, s'il avait pris l'escalier de l'autre côté de l'intersection où les types buvaient de la bière, il serait arrivé directement au Miradouro da Graça, juste en face de la Villa Sousa, et la Rua de Marquês de Ponte de Lima s'enfonçait dans la Mouraria, je m'en foutais, je pense que j'avais un peu peur de rentrer à la maison, plus peur en tout cas que de ce que je trouverais dans cette rue, et de toute façon il n'y avait là que des types effondrés et des bouteilles vides éparpillées sur le sol, des seringues aussi, il vit bien quelques dealers, cela dit, à cette heure de la nuit, c'était tranquille. Antoine était passablement soûl mais avait davantage l'air d'un touriste égaré que d'un junkie, les dealers le regardèrent à peine. Un peu plus loin, il arriva à un embranchement, d'un côté il y avait certainement la Mouraria, de l'autre, il ne savait pas. Il partit de ce côté, vers l'inconnu, et se retrouva à peine quelques minutes plus tard dans la Rua da Mouraria, son petit détour l'avait fait revenir sur ses pas. Il refit le même chemin qu'à l'arrivée puis monta de nouveau la Rua dos Cavaleiros. Il allait repasser devant le type en faction sur le Largo do Terrerinho, à une vingtaine de mètres devant lui, il faisait très noir, pas de lampadaire mais il voyait le type planté là comme toujours, avec ses sandales en plastique. Il entendit soudain des cris sur sa gauche, au pied de l'escalier où on buvait de la bière, un type gueulait et gesticulait, on ne voyait pas très bien d'où j'étais, il tenait dans sa main un objet ayant la forme d'un revolver, les gens autour de lui ne réagirent pas vraiment mais le type en faction entra en courant dans la Rua de Marquês de Ponte de Lima, Antoine s'était immobilisé, il se trouvait pour eux dans une espèce de point aveugle, dans l'obscurité entre deux lampadaires. Il aurait pu revenir sur ses pas, s'éloigner, se cacher quelques mètres plus bas dans le Beco do Imaginário mais il avait peur de se faire remarquer en bougeant, alors il resta là, immobile. L'homme au revolver continuait de gueuler, de gesticuler, les autres riaient, l'un lança vers le guetteur, de retour à son poste, une bouteille de bière qui alla éclater sur les pavés devant lui, Porra pá! 'tás louco? merde t'es fou? Les autres continuaient de rire, la sentinelle cria, Vai levar no cu! va te faire enculer! alors un homme du groupe de buveurs de bière s'approcha de l'homme au revolver, le lui arracha des mains et le lança au milieu de la rue. En frappant les pavés à côté de la bouteille de bière fracassée, le revolver fit un bruit de plastique, c'était un jouet avec un anneau rouge à l'embouchure du canon. Antoine se remit à marcher alors que le revolver était toujours là, sur le sol, dans le rond de lumière d'un lampadaire comme sous un projecteur. Il passa sur la petite place, entre le type en faction et le groupe de buveurs, sans que personne s'occupât de lui. Quelques secondes plus tard, il entendit derrière lui, Connard de merde! la prochaine fois je te l'enfonce dans le cul! puis des rires, cette phrase était peut-être pour lui mais il ne s'arrêta pas, continua son chemin vers le Largo da Graça.

*

Il remonta jusqu'au bout la Calçada do Santo André puis la Travessa das Mónicas jusqu'au Largo da Graça, le kiosque du Miradouro da Graça était fermé, quelques ivrognes poirotaient dans le Jardim Augusto Gil, à cette heure il n'y avait plus rien à faire dans la Graça, Antoine n'avait d'ailleurs aucune idée de l'heure qu'il pouvait être, ça n'avait pas beaucoup d'importance mais juste à ce moment il entendit les cloches de l'Igreja da Graça sonner trois fois, il devait être deux heures cinquante-cinq, l'heure sonnait toujours à moins cinq, et ça ne semblait déranger personne, il avait bien essayé d'obtenir une explication à ce sujet auprès des gens du quartier, de Manuel notamment, mais personne ne s'était jamais posé la question, c'était le plus étrange d'ailleurs, je veux dire, que personne ne se fût posé la question.

Il arriva à la Villa Sousa et monta quatre à quatre les marches jusque chez lui. En entrant dans l'appartement, il ouvrit les fenêtres pour créer un courant d'air, une porte-fenêtre donnait sur le pátio, une fenêtre plus petite, de l'autre côté, sur les toits de Lisbonne et le Tage, au loin. Il regarda quelques instants le fleuve, les lumières sur l'eau et les toits, les jardins, on voyait parfaitement São Vicente Fora illuminée et, en se penchant un peu par la fenêtre, le Castelo sur sa colline. Clara, avec son vertige, n'avait de la fenêtre jamais vu le château, il n'était pas question qu'elle se penchât au-dessus du vide, elle ne voulait même pas étendre le linge sur le balcon dans le pátio, elle disait qu'elle avait peur de passer par-dessus la rampe. Quand il se penchait par la fenêtre comme il le faisait en ce moment, elle avait peur, disait, Arrête! tu vas tomber! rentre avec moi dans l'appartement! il s'en souvenait très bien, il levait alors les bras en croix et savourait la brise fraîche sur son visage, son torse. Il s'imagina plongeant dans le vide, il y avait en dessous de lui un vaste trou noir, et il pensa aux Brésiliens, aux Hawaiiens qui sautent des falaises, faire le saut de l'ange, pensa-t-il, comme les drogués qui font du PCP, de l'angel dust, Clara lui manquait tellement qu'il rêva quelques instants de s'écraser sur le sol de la cour.

Dans le grand flou de cette journée, il se rappelait très clairement ce moment insignifiant.

Sur le Tage miroitaient les lumières des bateaux, des immeubles, l'Igreja de São Vicente de Fora et le Castelo brillaient dans la nuit, et ce trou noir devant moi, la cour vide d'un immeuble désaffecté derrière la Villa Sousa, et l'envie de sauter, libre, sans penser à toucher le fond, devant moi ce grand vide.

Noir.

19 JUIN 2010

C'est monsieur Simão, le carpinteiro de la Villa Sousa, qui m'a fait lire le *Sermon de saint Antoine aux poissons* du père António Vieira.

Quatre ou cinq jours après le départ de Clara, je m'étais rendu à son atelier, je cherchais du travail. Je le trouvai assis sur un tabouret, les deux jambes dans le plâtre jusqu'en dessous du genou, il prit ses béquilles et se leva pour m'accueillir. Dans son minuscule atelier, des milliers d'azulejos étaient empilés le long des murs, sur le sol des bassines remplies de produits chimiques dont les vapeurs brûlaient le nez, il portait un masque de chirurgien. Bonjour, dit-il, vous habitez en haut, c'est ça? C'est ça, répondis-je, vous vous êtes blessé? et il me raconta qu'il était tombé d'un échafaudage. Je dis, Vous aurez sûrement besoin d'aide pour nettoyer vos azulejos, quand ils ont de la valeur, on enlève les azulejos des murs pour les nettoyer et on les remet ensuite, il dit, Peut-être, mais je ne peux pas vous donner de contrat, et moi, Je ne veux pas de contrat. Il me fallut une dizaine de jours pour venir à bout des azulejos, sous la supervision de monsieur Simão. Les semaines suivantes, il me montra à faire un tas d'autres trucs, du métal, de la menuiserie, du plâtre.

Souvent, à la fin de la journée, les amis de monsieur Simão venaient prendre un verre à son atelier, dans le pátio de la Villa Sousa, c'était bien pour prendre l'apéro, on faisait parfois griller des sardines, et bon, ses amis l'appelaient Simão Mago, je ne comprenais pas pourquoi. Généralement, quand je ne comprenais pas ce qu'ils disaient, je faisais de petits signes d'assentiment, d'étonnement, je riais un peu, et les Portugais ne se rendaient compte de rien, je voulais passer inaperçu. Mais monsieur Simão finit bien par se rendre compte que je ne savais pas qui était Simão Mago, et un jour que nous étions seuls dans son atelier, il me dit, António (il m'appelle António, tout le monde ici m'appelle António), tu ne connais pas l'histoire de Simão Mago? et moi, Non. Il monta alors chez lui, juste au-dessus de l'atelier, revint avec un exemplaire tout rabougri du *Sermão de Santo António aos Peixes* et me lut le passage où il est question de Simão Mago.

Simão le Magicien dit un jour à tous les Romains qu'il allait prouver qu'il était le vrai fils de Dieu en s'élevant jusqu'au Ciel. Il se mit en effet ce jour-là à voler très haut dans les airs, mais saint Pierre commença alors une oraison qui fit s'effondrer le magicien. Or Dieu ne voulait pas qu'il mourût ainsi et fit en sorte que, à la vue de tous, il se cassât les pieds en tombant. Bref, c'est parce que monsieur Simão s'était cassé les pieds que ses amis l'appelaient Simão Mago.

Après m'avoir lu ce passage, monsieur Simão dit, Tu devrais le lire, ce sermon, le père Vieira est un des plus grands auteurs portugais, Je n'aime pas trop la religion, dis-je, et lui, Ça n'a rien à voir, moi non plus je n'aime pas, je suis communiste, et je pense que le père Vieira l'était aussi, en plus il a le même prénom que toi.

Monsieur Simão m'a beaucoup aidé, grâce à lui je parle beaucoup mieux portugais et j'ai plus ou moins appris un métier, à tout le moins à me débrouiller, à survivre. Mais à un moment me rendre chaque jour à la Villa Sousa (je n'y habitais plus depuis un certain temps, trois ou quatre mois) me devint insupportable. Tout dans cet endroit et dans le quartier de la Graça me rappelait Clara. Il n'y a pas vraiment de lieu à Lisbonne où je puisse oublier Clara, depuis qu'elle est partie, tout ici me ramène à elle, et c'est la seule beauté que je trouve encore à cette ville mais c'est aussi ce qui m'y rend la vie infernale, et il me semblait de plus en plus clair que, dans la Graça, c'était pire qu'ailleurs, alors je décidai un jour de fuir la Graça. Ce jour-là j'annonçai à monsieur Simão que je ne pourrais plus travailler dans son atelier.

[243]

Parfois il m'appelle, il m'amène avec lui faire de petits boulots chez des gens, ou alors il me recommande auprès des entrepreneurs pour travailler sur des chantiers, des travaux de ravalement, de peinture. Je crois qu'il m'aime bien. Il m'a même proposé un jour de me prêter de l'argent pour retourner là-bas, à Montréal, ça m'a beaucoup touché mais je ne vois pas en quoi ça m'aiderait. Montréal et Lisbonne, c'est pareil, sauf qu'ici ce ne sera jamais chez moi, ce sera toujours le lieu où nous fûmes heureux avec Clara parce que je ne l'étais pas chez moi. Un lieu hors du monde.

C'est Manuel qui m'a trouvé un logement quand j'ai voulu quitter la Graça, dans la Rua dos Anjos, en bas de la colline. C'est un peu miteux mais plus grand que chez Rita. Je lisais ce matin dans le *Diário de Notícias* une interview avec José Saramago (il est mort hier, 18 juin 2010, dans l'île de Lanzarote, un an presque jour pour jour après le départ de Clara) qui disait, à propos de son «exil» espagnol, Je suis une personne qui ai changé de quartier ou décidé d'aller dans une autre maison parce que le voisin du dessus faisait beaucoup de bruit. C'est sans doute un peu ce qui m'est arrivé, j'ai cru en déménageant que je laisserais derrière moi une partie de ma peine. C'était un pas dans la bonne direction, mais ça n'a pas changé grand-chose.

Quand les voisins du dessus marchent, on a l'impression que l'immeuble va s'effondrer. La Rua dos Anjos se trouve tout près de la Baixa, tout près de Martim Moniz et du Rossio, ce n'est pas un très beau quartier et c'est aussi bien comme ça, je crois que je commence à passer inaperçu. De la fenêtre de mon appartement je vois au loin, sur la colline, les azulejos bleus de la Villa Sousa, les pins parasols du Miradouro da Graça, et chaque fois le souvenir de Clara me revient et me blesse.

*

Quand Serena est arrivée à Lisbonne, j'habitais toujours la Villa Sousa, je travaillais chez monsieur Simão. Je n'ai jamais bien compris pourquoi je lui avais demandé de venir ici, vivre avec moi. À l'époque, j'avais pensé que ça lui ferait plaisir. Depuis notre aventure madrilène et particulièrement après avoir rêvé qu'elle était enceinte, j'avais été convaincu que Serena était amoureuse de moi. Évidemment, ce sont deux choses qui n'ont rien à voir l'une avec l'autre, je veux dire, mon rêve, c'était dans ma tête. Mais quand je lui ai demandé de venir me rejoindre, j'étais sûr que c'était ce qu'elle voulait, et bon, je l'aimais bien, Serena. J'imagine que je me sentais trop seul, j'ai bêtement cru pouvoir substituer Serena à Clara.

Quand j'y repense aujourd'hui, je me dis que je me suis laissé guider d'abord et avant tout par la concupiscence, je me souviens, j'aurais pu la supplier, lui promettre mon éternel amour pour être avec elle pendant quelques semaines à Lisbonne. Ce qui nous éloigne du silence, de la solitude, c'est l'amour, souvent, mais plus encore le désir, le sexe, on n'y peut rien, en tout cas moi, je n'y peux rien, c'est une évidence, et je m'en veux de ne pas m'en être rendu compte avant de demander à Serena de venir me rejoindre. Quand j'y repense, je me dis que j'aurais mieux fait d'aller aux putes.

Tout ça n'excuse rien au fait que, environ deux semaines après qu'elle soit arrivée, j'ai commencé à m'organiser pour que ça se morpionne. Mon désir de Serena ne m'avait pas quitté, mais l'amour, après quatre ou cinq jours, j'avais bien compris que ce ne serait pas possible. Clara prenait trop de place.

Nous marchions vers la station de taxis qui se trouvait tout à côté de chez nous. Serena me racontait une histoire (que j'ai oubliée). Alors que nous passions devant le petit escalier qui mène à l'arrêt de l'eléctrico 28, j'aperçus Ciro, assis sur le trottoir, adossé au muret. Déjà à l'époque où je passais mes étés à Lisbonne avec Clara, nous croisions Ciro chaque jour ou presque, l'appelions o anjo da Graça, l'ange de la Graça. C'est Manuel qui nous avait appris son nom, quand nous avions parlé de l'anjo da Graça, il avait tout de suite compris qu'il s'agissait de Ciro. Évidemment, c'était un clochard alors il était sale, il puait, mais il avait l'air gentil. Sans trop penser à ce que je faisais, je décidai de tester Serena, je dis, Ça te plairait de prendre le tram plutôt que le taxi? ce serait plus pittoresque. Je pense que le mot «pittoresque» dans ma bouche la dérouta quelque peu, toujours est-il qu'elle dit, Oui, si tu veux, puis elle continua son histoire, de toute évidence elle n'avait pas vu Ciro. Nous descendîmes les marches qui menaient à l'arrêt et nous plantâmes à côté d'une dame renfrognée qui dit dès qu'elle nous vit, en levant le nez en direction de Ciro, Cheira a merda, il sent la merde, très fort et sans se soucier de lui plus que d'un chien. Je ne sais pas si Ciro l'entendit mais il ne réagit pas, il regardait devant lui et buvait du lait dans un carton, il avait les lèvres et le bout du nez blancs, les yeux vides, vitreux (je remarquai ce jour-là qu'ils étaient verts). Serena, après que la dame eut parlé, me demanda en se retournant, Qu'est-ce qu'elle raconte? et au même moment elle aperçut Ciro, elle poussa un petit cri de frayeur contenue, On s'en va! et sans même attendre de réaction de ma part, elle remonta en courant le petit escalier qui menait à la station de taxis. J'étais resté planté à côté de l'arrêt de l'eléctrico, à côté de Ciro, alors qu'elle montait les marches puis traversait le terre-plein, On prend un taxi! allez! viens, je t'en prie! en réalité je n'entendais pas ce qu'elle disait, elle n'osait pas crier, s'en remettait à des gestes vigoureux de supplication, mais elle était terrorisée, c'était facile à voir, et moi, bon, je rigolais un peu dans ma tête. Avant de la suivre, je jetai machinalement un coup d'œil vers Ciro qui se retourna tout à coup et me regarda dans les yeux intensément, puis il tendit la main vers moi et balbutia quelques mots que je ne compris pas, et j'en ressentis une espèce de malaise. J'aurais aimé le comprendre, lui dire quelque chose, mais non, alors je laissai là Ciro et courus après Serena.

Je la rejoignis sur la place alors qu'elle grimpait dans le taxi, elle dit au chauffeur, Nous allons dans le Barrio Alto, à la plaça de Camoinche, et je précisai immédiatement, Vamos prá Praça de Camões, le chauffeur ne répondit pas, fit démarrer la voiture et nous quittâmes le Largo da Graça, descendîmes en trombe la côte de la Rua da Voz do Operário puis les rues étroites de l'Alfama, frôlant les rétroviseurs, les passants, les murs des immeubles, j'étais inquiet, je dois le dire, quant à Serena, elle était verte de peur. Dans la Rua das Escolas Gerais, le chauffeur prit à toute vitesse un virage à quatre-vingt-dix degrés, Il doit être soûl pour conduire ainsi, me dit-elle à l'oreille en se cramponnant à ma cuisse, au moment même où un homme obèse sortant d'une taverne se jetait littéralement devant la voiture, le chauffeur donna un coup de volant, frôlant l'obèse qui sembla ne s'apercevoir de rien et continua sa route en titubant plus ou moins. Lors de la manœuvre, Serena fut projetée sur Antoine qui en profita pour poser sa main sur son sein, elle dit, aussitôt rassurée et souriante, Eh! Don Juan! que haces con tu mano sobre mi pecha? puis elle l'enlaça, il avait le nez dans ses cheveux, elle sentait les fruits, Que haces huelando mi pelo, Don Juan? lui demanda-t-elle alors qu'elle le tenait toujours enlacé, elle semblait heureuse, C'est toi qui m'as sauté dessus, répondit-il en laissant son nez dans ses cheveux et, au moment où il allait l'embrasser dans le cou, elle se dégagea et dit, Tu as vu le chauffeur, son cou? Il avait dans le cou, sous l'oreille droite, une énorme bosse, un kyste de la grosseur d'une balle de golf, C'est dégueulasse! ajouta-t-elle, Serena avait tendance à s'oublier, surtout dans la joie, pour la ramener un peu sur terre je murmurai, Arrête! les chauffeurs de taxi parlent souvent français, mais elle, C'est tout de même répugnant, non? il devrait se faire soigner! et elle lui dit en espagnol un truc que je ne compris pas mais, Arrête! ordonnai-je assez brusquement. Elle me regarda sans comprendre, de toute évidence, pourquoi je m'énervais ainsi, mais elle se tut et fixa devant nous la route. Au bout de quelques secondes, je me rendis compte qu'elle pleurait.

Bon, je ne savais pas exactement ce que je cherchais à faire, Ciro, le taxi, on ne pouvait pas vraiment appeler ça un plan, mais je ne voulais pas non plus la faire pleurer, je souhaitais qu'elle me quitte en douceur, sans douleur. Je pris sa main dans la mienne, elle dit, Tu n'as pas le droit de me parler sur ce ton, et moi, en manière de consolation, Ne pleure pas, ma sirène, Ne m'appelle pas sirène, ça m'énerve, répondit-elle (je savais que ça l'énervait).

Nous arrivâmes rapidement à la Praça de Camões. Manuel nous attendait, assis sur un banc au pied de la statue du borgne. Serena sortit de la voiture en s'essuyant les yeux tandis que je payais, le chauffeur dit, en français, Merci monsieur, bonne soirée.

*

Un jour, je ne me souviens plus exactement pourquoi, j'ai cessé de chercher le telemóvel.

Quand je ne travaille pas, je passe le plus clair de mon temps dans la Rua das Portas de Santo Antão, ici, à la Casa do Alentejo, ou au Café Mindelo juste en face. J'arpente chaque jour les rues de la Baixa, je les connais par cœur mais j'ai parfois de petites surprises. Par exemple, je me suis rendu compte plusieurs semaines après le départ de Clara que l'immense horloge de l'édifice de la garde civile à côté de l'Igreja do Carmo en ruine, que l'on peut voir du Rossio, fonctionne, indique même la bonne heure. J'ai passé des mois à arpenter Lisbonne, cherchant une brèche, le lieu où le monde s'ouvrirait devant moi, des mois seul dans cette ville minuscule à regarder partout, à chercher l'heure autrement qu'en écoutant sonner les cloches des églises, à essayer de trouver une rue, une place, une perspective que je n'avais jamais vue auparavant, et quand j'ai trouvé cette horloge qui avait toujours été là, monumentale, et que je n'avais jamais regardée, ça m'a rassuré, ça signifiait qu'il y avait encore ici quelque chose à découvrir.

Cela dit, alors qu'avec Clara Lisbonne m'avait toujours semblé une ville de lumière et de liberté, j'ai plutôt l'impression aujourd'hui que la ville se referme sur moi, que Lisbonne est une cage. Une cage lumineuse et blanche.

J'ai longtemps cru que mon exil avait commencé le jour où Clara m'a quitté pour rentrer à Montréal. Je sais aujourd'hui que c'est lorsque j'ai cessé de chercher le telemóvel que j'ai fait mon premier pas hors du monde.

*

Manuel nous avait proposé, à Serena et moi, d'aller manger à la Casa da Índia, tout près de la Praça de Camões. Je ne sais pas si ça faisait partie de mon plan mais nous avons bu pas mal, trois bouteilles de rouge et plusieurs bières. Vers la fin du repas, Serena était plutôt éméchée et Manuel avait réussi à la convaincre d'aller au Maria Caxuxa. Manuel n'avait pas même mentionné le nom de Clara depuis des mois, je n'avais pas osé lui en parler non plus, lui demander de ses nouvelles même si elle me manquait terriblement, je crois que j'avais peur qu'il m'annonce qu'elle avait refait sa vie ou quelque chose du genre, et de toute façon Manuel est très discret. Je pense qu'il n'aimait pas beaucoup Serena.

À notre arrivée au bar, il était tôt, peut-être vingt-deux heures quinze, et il n'y avait pas un chat, mais on jouait la musique de Thelonious Monk. Serena me fit un grand sourire, C'est «Monk's Dream»! cria-t-elle très fort, puis elle m'embrassa goulûment. Nous trouvâmes une table près des portes et Manuel vint nous rejoindre avec des impériales mais Serena dit, Ah non! je ne veux pas boire de cette cochonnerie, je veux du vin! ils ont du vin espagnol ici? puis elle dit très fort quelques phrases en espagnol et les gens autour de nous se retournèrent. Espérant qu'elle se taise, je commandai une bouteille avec un taureau rouge sur l'étiquette. Je continuai toutefois à boire de la bière avec Manuel.

Serena but seule presque toute sa bouteille et, vers une heure du matin, elle était complètement soûle et essayait de convaincre Manuel que José Saramago avait raison de prôner l'unification de l'Espagne et du Portugal. Manuel était outré, L'Espagne a déjà envahi le Portugal seize fois dans l'histoire! l'unification est impossible! et Serena faisait mine de ne pas comprendre sa colère, Mais voyons Manuel, que fais-tu de la grande amitié entre les peuples? il faut cesser ces lointaines disputes! Le ton de la discussion avait commencé à monter un peu, Manuel disait, De tout temps les Espagnols ont cherché à envahir et détruire le Portugal, même les touristes espagnols aujourd'hui n'ont aucun respect pour les efforts de résistance des Portugais! De mon côté, je préférais quand même ne pas m'en mêler, d'ailleurs je ne comprenais pas de quoi il parlait avec ses efforts de résistance, je regardais tout ça en spectateur mais la situation était clairement sur le point de tourner au drame, Tu devrais écrire un roman là-dessus, Manuel, dit Serena, à la Saramago, qui commencerait par une phrase du genre, Un jour, les Portugais se réveillèrent et se rendirent compte qu'ils parlaient castellano, et elle rit.

Or Manuel n'eut pas le temps de réagir aux propos de Serena, à l'extérieur, retentirent trois ou quatre claquements sourds qui mirent fin à toutes les conversations. Je pensai sur le coup que ce devait être des pétards mais, allez savoir pourquoi, je dis, Des coups de feu! bon, c'était clair dans ma tête qu'il ne pouvait pas y avoir eu de coups de feu dans le Bairro Alto, à

Lisbonne, la ville la plus paisible que je connaissais, et pourtant je vis par les grandes portes toujours ouvertes du Maria Caxuxa les gens courir dans la rue et Serena se mit à crier et à parler castillan, alors je me levai pour aller voir ce qui se passait, mais bon, je sortais surtout pour échapper à ses cris.

Je n'ai jamais su s'il y avait vraiment eu des coups de feu mais dans la rue les gens couraient en tous sens et criaient, j'étais bouche bée, ne comprenais pas ce qui se passait, je demandai à une fille à côté de moi, Qu'est-ce qui se passe? Je ne sais pas, répondit-elle, il y a la police plus loin là-bas. J'étais toujours au milieu de la rue à me laisser bousculer par les passants quand tout à coup j'entendis derrière moi les cris de Serena, Je veux partir d'ici! trouve-nous un taxi! Je me retournai et vis Manuel qui essayait de la retenir. Quand ils arrivèrent à ma hauteur, Manuel dit, visiblement exaspéré, Je pense qu'il faut que vous partiez, elle est en train de devenir complètement folle, et Serena, qui ne l'avait probablement même pas entendu tellement elle était tout à elle-même, cria de nouveau, Trouve-nous un taxi! Manuel dit, Par là. Je pris Serena par le bras et nous descendîmes la rue tous les trois jusqu'à la Praça de Camões, bondée comme un jour de carnaval, mais nous trouvâmes facilement un taxi. Serena continuait de crier, elle était sous le choc. Il ne faut pas s'énerver, dit Manuel, c'est terminé. Le taxi démarra.

Par la lunette arrière, je vis Manuel s'enfoncer dans le Bairro Alto.

Serena pleurait dans mes bras, nous roulions depuis quelques minutes déjà dans la Baixa lorsque le chauffeur me demanda, O que é que aconteceu? houve um problema no Bairro Alto? Je lui répondis que oui, il y avait eu un problème, des coups de feu en fait, Serena hoquetait, sanglotait, elle était terrorisée.

Le chauffeur, sans doute mal à l'aise et se disant qu'une petite conversation calmerait peut-être la jeune femme, se mit alors à raconter que, la veille, il avait assisté à une scène des plus disgracieuses, Uma rixa, dit-il (je n'avais jamais entendu ce mot de rixa). Dans son taxi, un homme et une femme totalement soûls, au sortir d'un club huppé d'Alcântara, s'étaient mis à s'engueuler véhémentement à propos d'une histoire de ciúme ou de infidelidade, je ne suis pas sûr d'avoir bien compris cette partie, le chauffeur parlait très vite et avait un accent brésilien, mais à ce moment Serena dit à travers ses sanglots, Mais qu'est-ce qu'il dit? explique-moi au moins ce qu'il dit! c'est très angoissant de ne rien comprendre, et toi tu t'en fous! tu n'en as rien à foutre de moi! Je dis, Il veut nous raconter une histoire de jalousie mais il n'est pas sûr que ce soit de jalousie, peut-être d'infidélité, une histoire qui s'est passée dans son taxi, je pense qu'il est brésilien, puis je demandai au chauffeur, O senhor pode falar um pouco mais devagar, tenho de traduzir para ela, Claro, desculpe, répondit le chauffeur qui continua alors son histoire et je compris que la femme qui criait depuis quatre ou cinq minutes déjà avait sorti de son sac une paire de ciseaux, Tesouras pequeninas, de aparência inofensiva, précisa le chauffeur (toutes ces précisions, d'ailleurs, ne facilitaient en rien mes efforts de traduction). La jeune fille s'était mise à frapper son compagnon à coups de ciseaux, au bras principalement puisqu'il cherchait à se protéger, et, bien qu'elle fût plutôt maladroite dans ses attaques, elle réussit à lui porter quelques coups avant que l'homme pût la neutraliser en lui assénant trois ou quatre gifles, l'homme semblait avoir l'habitude de ce genre de correction, selon les dires du chauffeur, mais je n'osai traduire ces quelques mots à Serena pour ne pas l'énerver davantage, il ne fallait tout de même pas exagérer. Après ces quelques claques, la femme laissa tomber ses ciseaux et éclata en sanglots dans les bras de son amant qui, lui, Jorrava seu sangue! c'est ainsi que le chauffeur nous décrivit, à Serena et moi, ce triste épisode, No banco de trás do meu táxi, uma verdadeira rixa! ce sont ses paroles, il pissait le sang sur la banquette arrière et je n'arrivais toujours pas à traduire ce mot de rixa. À un moment, tout en continuant son histoire, le chauffeur se pencha par-dessus son siège, il ne regardait plus du tout la route et pointait, entre Serena et moi, une tache brunâtre sur le dossier de la banquette arrière, du sang qu'il avait frotté pendant des heures, une tache d'au moins trente centimètres de diamètre, traduisis-je, Serena m'interrompit alors, complètement terrorisée, Il conduit sans regarder la route! dis-lui de regarder devant! et moi, Senhor! olhe para a frente, se faz favor, et il se retourna en me disant qu'il allait devoir faire recouvrir son siège.

Malgré les écarts de conduite du chauffeur et son histoire d'horreur (probablement grâce au chauffeur en fait), Serena, curieusement, semblait rassérénée, elle osa même une question en portugais, A mulher tem morto l'hombre? une phrase qui n'avait aucun sens mais le chauffeur comprit très bien ce qu'elle voulait dire, Não não, não morreu, ficou com alguns cortes no braço, foi tudo, il n'est pas mort, seulement quelques coupures au bras, répondit Jorge Ramos, ainsi que l'indiquait sa carte d'identité sous le pare-soleil. Bien que tremblant toujours un peu, Serena avait cessé de sangloter. Il n'y avait pourtant rien pour la calmer dans cette histoire, mais Jorge lui avait momentanément fait oublier les coups de feu du Bairro Alto. Qu'est-ce que ça veut dire, rixa? demanda Serena en me prenant la main, et je ne sus évidemment pas quoi lui répondre, Une dispute, j'imagine, et je demandai à Jorge, Mas o que é exactamente uma rixa? et il répondit, Uma briga, Une querelle, une bataille, dis-je à Serena, et elle, Une rixe, finalement. J'étais très étonné mais elle avait raison. Une rixe. Jorge nous expliqua ensuite qu'il avait reconduit le couple à l'Hospital dos Capuchos où, en arrivant au débarcadère des urgences, il avait dit au préposé, Esses dois tentaram-se matar com tesouras, emporcalharam o meu banco de trás! et il répéta, Tesouras pequeninas! imaginem? Ils lui ont tout salopé son siège arrière, traduisis-je pour Serena, et il insiste que c'étaient de tout petits ciseaux, et elle dit, Dans les mains de qui est réellement en colère, n'importe quel objet en apparence inoffensif peut devenir une arme. Cette phrase m'impressionna, mais je ne comprenais pas trop ce qu'il y avait derrière, je veux dire, Serena ne m'avait pas habitué à ce genre de réflexion philosophante. O que disse a senhora? s'enquit Jorge, et je traduisis pour lui la conclusion de Serena. Uma rixa, dit-elle finalement, et je vis qu'elle souriait.

Alors que nous nous arrêtions à un feu rouge devant l'Igreja de Santo António, je jetai un œil par la fenêtre et, de l'autre côté de la rue, sur la petite place devant l'église, je vis Ciro à quatre pattes sur le sol en train de manger dans un contenant en styromousse devant une grande poubelle verte dans laquelle il avait probablement trouvé son repas. Tandis que je l'observais, il leva les yeux dans ma direction, d'où j'étais je ne pouvais pas voir leur expression mais il me regardait, ça j'en suis sûr.

C'est lors de cette nuit des coups de feu que j'ai pris conscience de l'omniprésence de Ciro.

*

Depuis que je vis à Lisbonne, je parle beaucoup moins qu'avant, le silence m'est devenu une espèce d'idéal dans ce monde où tout le monde crie. Pour fuir l'aveuglement, pour trouver des réponses (qui le plus souvent n'existent pas) au marasme de leur vie, les gens sermonnent, cherchent à convaincre leurs semblables qu'ils ont raison, peut-être pour se convaincre eux-mêmes, et nous les suivons trop souvent en oubliant qu'ils n'y voient pas plus clair que nous. José Saramago décrit dans *Ensaio sobre a Cegueira* des groupes d'aveugles sur une grande place qui écoutent les discours d'autres aveugles, il raconte que ni les uns ni les autres ne semblent aveugles parce que ceux qui parlent tournent la tête vers ceux qui écoutent et ceux qui écoutent tournent la tête vers ceux qui parlent. Ils oublient tous que, si un aveugle guide un autre aveugle, ils tomberont l'un et l'autre dans un trou.

Il y a des silencieux qui le sont plus que d'autres, comme Ciro, aussi silencieux qu'un poisson, tellement en fait qu'on a l'impression avec eux de devenir soi-même un de ces sermonneurs qui ne parlent que pour entendre la musique de leur voix, qui crient et gueulent et se présentent à la mairie de Lisbonne. Avec ces silencieux extrêmes, on a l'impression de sermonner alors qu'on n'a dit en réalité que quelques mots insensés, qu'on n'a que soupiré, hoqueté. Je n'aspire pas à la clochardise mais la dévotion au silence de Ciro m'émeut, éveille en moi des envies d'absolu.

Après la nuit des coups de feu, je ne revis pas Ciro pendant un certain temps. Les trois ou quatre premiers jours, je pensai que sa famille était venue le recueillir pour lui faire prendre un bain, j'étais content pour lui, mais après une semaine je commençai à m'inquiéter, je ne comprenais pas pourquoi il avait disparu ainsi, et bon, avec ce genre de personne, il y a toujours des risques de perdition définitive, alors je pensai que je ne le reverrais peut-être jamais et cette crainte, bien qu'assez diffuse, me donnait l'impression d'avoir fait quelque chose de mal, comme d'avoir manqué à Ciro.

Avec Serena, les choses n'allaient pas mal. Après la soirée des coups de feu, je m'étais senti honteux d'avoir voulu l'effrayer, voulu la pousser à me quitter, je crois que c'est à ça que je pensais un peu confusément, je voulais lui faire croire que Lisbonne était une ville dangereuse pour qu'elle s'enfuie. C'était idiot, évidemment, mais je n'avais pas eu de meilleure idée, et comme ça n'avait pas marché, je m'étais dit qu'il valait peut-être mieux me forcer un peu pour qu'elle soit bien, et moi aussi, malgré le fantôme de Clara qui hantait toujours la Graça et la Villa Sousa.

Une semaine environ avait passé depuis la soirée au Bairro Alto. Nous revenions de faire les courses dans la Rua da Graça et nous nous retrouvâmes nez à nez avec Ciro. Il portait un poncho avec une grosse corde qui lui ceinturait la taille et un capuchon, on aurait dit un moine, il puait vraiment et me regardait dans les yeux, tendant vers moi sa main en balbutiant comme un enfant des mots que je ne comprenais pas, il avait les yeux vides, vitreux comme ceux d'un aveugle. Serena était figée sur place, me rentrait dans le bras ses ongles, je lui dis, Tu ne trouves pas qu'il est beau ? qu'il est touchant je veux dire ? tout bas, pour ne pas effrayer Ciro, mais elle me tirait le bras, Allez ! viens ! viens ! elle aussi tout bas, avec dans la voix une urgence dont je ne tins pas compte, je dis à Ciro, Como te chamas ? Il sourit comme s'il ne m'avait pas entendu et fit avec ses doigts de petites vagues en marmottant, je dis, Chamas-te Ciro, nao é ? il eut soudain l'air tout décontenancé, je crus qu'il allait partir et dis à Serena, Donne-lui le carton de lait. Elle tira d'un des sacs à provisions une boîte de lait et la tendit à Ciro du bout des doigts. Dès qu'il eut esquissé le geste de prendre la boîte, Serena la lâcha et Ciro jongla un peu avec pour éviter qu'elle s'écrasât au sol, puis il dit, Obrigado, et à ce moment je constatai que Serena traversait déjà la Rua da Graça, courant à petits pas en direction du parc, j'entendais claquer ses talons sur les pavés. Je dis à Ciro, Je sais que tu t'appelles Ciro, c'est Manuel qui m'a dit, tu connais Manuel? il vit juste là, dans la Travessa das Mónicas. Il leva alors les yeux du carton de lait et dit, Oui, je connais Manuel, je m'appelle Ciro. Et là je ne sus plus quoi dire, peut-être le sentit-il, il tourna les talons et marcha en direction de la place. Je cherchai Serena du regard, me disant qu'elle paniquerait si elle croyait que Ciro la suivait, mais je ne la vis pas et emboîtai le pas à Ciro. Il puait épouvantablement mais je ne changeai pas de trottoir, le suivis jusqu'au Largo da Graça où il tourna à droite, vers le miradouro. Moi, je traversai le petit Jardim Augusto Gil pour rentrer à la maison. J'avais quelques fois vu Ciro boire du lait sur le porche de l'Igreja da Graça, au bout du miradouro, c'est sans doute là qu'il va, pensai-je.

J'arrivai à la Villa Sousa quelques minutes plus tard, montai jusqu'à l'appartement et trouvai Serena assise sur le palier (elle n'avait pas pris ses clés), elle était vraiment en furie, c'était la première fois que je la voyais dans cet état, elle me dit qu'elle foutrait le camp si je lui refaisais un coup comme celui-là, je dis, Il est dans la rue, il faut bien l'aider un peu, il n'a pas toute sa tête, un type qui boit du lait dans un carton à longueur de journée ne peut pas être bien dangereux, et elle, Mais il ne boit pas que du lait! il boit aussi du vin de merde, du vin en carton, c'est un poivrot fini, tu ne vois rien?

Je pensais bien connaître le Portugal mais je ne savais pas qu'on vendait du vin dans des cartons. Ça m'avait échappé.

Serena fut de mauvaise humeur toute la soirée, elle ne dit pratiquement pas un mot. Pourtant, vers vingt-deux heures, elle m'embrassa et dit, C'est idiot de bouder, allons boire une impériale au miradouro. Elle se leva, prit une petite veste et nous sortîmes.

Nous bûmes deux ou trois bières et Serena était tout à coup de fort belle humeur. Il bruinassait (elle disait qu'il brumisait), pas assez pour que ce soit inconfortable mais il régnait tout de même une atmosphère un peu triste, le miradouro était presque vide. Un peu après minuit, nous décidâmes de rentrer. Nous traversâmes la rue et marchâmes à travers le Jardim. Sur le banc, juste devant la statue de Folie et Amour, était couché un clochard, je sus tout de suite qu'il s'agissait de Ciro. Serena n'avait encore rien dit, peut-être ne l'avait-elle pas reconnu, il faisait noir, mais tout à coup Ciro releva la tête, se redressa et dit, Sim! conheço o Manuel! puis il se leva et s'avança vers nous. Alors Serena se fâcha, Ah! mais ça suffit merde! je n'en peux plus de cette ville qui pue! Antoine! sors-nous d'ici, c'est assez! j'étais cloué sur place, Serena continuait de crier, Fais quelque chose! mais il n'y avait rien à faire, il ne se passait rien, jusqu'à ce que Ciro s'avançât vers elle en tendant la main, comme pour la rassurer, et ce fut la goutte, comme on dit, Putain j'en ai marre! je fous le camp! vociféra Serena en reculant à petits pas, va te faire foutre! allez tous vous faire foutre! Elle traversa en courant le Jardim et la place puis se retourna, elle devait être à une vingtaine de mètres de nous, de Ciro et moi, elle cria, C'est lui ou moi, choisis! nous partons d'ici immédiatement ou c'est fini entre nous! Je ne comprenais pas ce qu'elle voulait dire (partons d'ici? du Jardim? de Lisbonne?), je crus pendant un moment qu'elle plaisantait tellement cet ultimatum me semblait absurde, je levai les bras en croix, dans un geste difficilement déchiffrable (incompréhension? découragement?), mais ne bougeai pas de là, à côté de Ciro, alors Serena hurla, Va chier! hijo de puta! puis elle monta dans un taxi qui disparut aussitôt dans la Travessa das Mónicas.

Je ne comprenais pas ce qui m'arrivait. Je me dis qu'elle avait décidé de rentrer en Espagne, sans trop y croire pourtant, sur le coup. Je pensai à Manuel, il aurait été content, une autre invasion espagnole avortée, la dix-septième de l'histoire. Ciro me regardait tranquillement, avec un gentil sourire.

Je n'ai jamais revu Serena. Finalement, mon plan confus avait fonctionné.

Le jour de son départ, j'ai fait mon deuxième pas hors du monde.

*

La Casa do Alentejo, le jour, est un lieu de désœuvrement idéal. J'en aime la pénombre et le vent frais qui parfois fait claquer les portes, éclater les carreaux. Le jour, les gens respectent généralement la quiétude du lieu.

Malgré le bruit, je préfère venir le soir. J'y viens presque chaque jour depuis un an, depuis que Clara est partie.

Vers dix-neuf heures, on commence à monter les tables dans le salão, la salle de bal, on allume les lustres et des serveurs portant un gilet noir par-dessus leur éternelle chemise blanche se mettent en place, solennels, et attendent les premiers clients. Pour les gens comme moi qui ne veulent pas de cet apparat ou préfèrent n'en profiter que de loin, on laisse une dizaine de tables avec des nappes en papier, tout au fond, devant le café, séparées des autres par un ruban rouge tendu sur toute la largeur de la salle, tandis que les visiteurs, de l'autre côté du ruban, pour la plupart des touristes ou des vieillards, viennent apprécier le charme suranné d'un souper à la Casa do Alentejo, le luxe un peu faux d'un temps ancien et imaginaire.

Je me souviens d'y avoir soupé un soir avec Clara, ce n'était pas mauvais, sans plus, pas le Ritz, mais d'ici, de l'autre côté du ruban, j'ai l'impression de m'observer moi-même de loin, d'un autre temps, je me rappelle ces moments de bonheur avec elle et j'ai honte de ne pas m'être rendu compte alors de ma joie, de n'avoir pas tout fait pour la retenir, et je m'accroche à mes souvenirs, cherche à me rappeler les plus infimes détails de mon bonheur passé quitte à les inventer, ainsi que tout ce qu'il y a autour. Je n'ai rien d'autre à faire ici que me raconter des histoires.

J'imagine dans ce décor somptueux des bals, des tables remplies de bouteilles de vin et de nourritures raffinées, partout des petits vieux qui mangent des gâteaux et dansent au son de l'orchestre aggloutiné sur la petite scène, un vieux violoncelliste juché sur le grand piano à queue d'un vieux pianiste, un vieux violoniste qui donne en jouant des coups de coude à une vieille flûtiste, ils ne sont que quatre mais tellement à l'étroit qu'on croirait qu'ils sont mille, et les vieillards dansent, les femmes, parfois, fleurent la jeune fille et leur parfum me chavire, tandis que leurs vieux se rassemblent aux cabinets, des cabinets somptueux aux allures de cathédrale! des urinoirs vastes comme des baignoires où ils s'endorment parfois en prêchant la reconstruction du Portugal ou en s'abîmant dans la nostalgie de leur grandeur coloniale, alors qu'à côté, dans le salão, leurs femmes dansent sous la protection, au plafond, des anges nus des fresques décrépites où se côtoient des femmes lascives chevauchant des bêtes surnaturelles et des cariatides hilares aux seins pointus qui soutiennent le toit du ciel.

Et moi, dans ce décor de pacotille, j'assiste en spectateur à la fantasmagorie de la Casa do Alentejo, et cet érotisme de convention me ravit.

Parfois je rêve que tous ces gens traversent la salle et viennent s'asseoir avec moi, de mon côté du ruban, de l'autre côté du monde, que je retrouve toutes ces femmes qui me quittent chaque jour alors que je suis fou d'elles, ne pense qu'à elles et voudrais les garder ici près de moi, vivre à Lisbonne avec elles toutes, même cette grosse jeune fille assise à la table du fond avec son vieil amant et dont les seins ondulent lorsqu'elle rit, les jeunes sont comme ça, rient ou crient très fort, comme si rien n'avait plus d'importance que ce qu'elles sont en train de raconter et qui, au fond, revient toujours au même, elles se soûlent et se racontent toujours les mêmes histoires pour rire très fort, et lorsqu'elles s'esclaffent mes tympans se déchirent et elles se dessèchent et pâlissent, comme si elles criaient à la mort, mais c'est normal, j'imagine, les gens viennent ici, à la Casa do Alentejo, pour boire, alors forcément parfois ils se soûlent, il n'y a rien d'extraordinaire là-dedans, moi-même je n'y échappe pas toujours. À la table devant moi est assise une petite blonde un peu trop maigre et dont les épaules nerveuses me font penser à Susana, pas l'amie de Manuel, celle de la Leitaria A Camponeza, mais comme je pense à elle je pense aussi à l'amie de Manuel qui n'était pas blonde du tout. À la même table se trouve avec elle une autre femme très belle aux cheveux noirs et longs, lisses comme la pierre, les traits durs, accusés, elle prononce les « s » comme si elle avait du feutre sur la langue, elle doit être espagnole, peut-être indienne, et boit du vin blanc. Près de la fenêtre, une jolie Africaine en s'esclaffant ne m'a regardé qu'un instant mais ses yeux verts et la courbe de son sourire, qui n'était sans doute pas pour moi, me sont restés dans la tête. Elle tient la main de son amie dont je vois éclater le string rose à travers sa mini-jupe blanche un peu trop serrée tandis que tout à côté de moi me sort de mes pensées le parfum de fraise d'une femme petite et élégante au teint plutôt clair mais dont les cheveux très noirs, relevés en chignon, accentuent la dureté du visage, une dureté tout ibérique. Voir ici toutes ces femmes, ces sirènes dont le chant ne me sort plus de la tête, comme si elles avaient déjà été là, dans mes bras, malgré les récifs, les tempêtes, me donne l'impression d'avoir survécu à mon propre naufrage.

Je ne sais plus pourquoi j'écris tout ça, à qui je parle. J'ai parfois l'impression que je ne vis plus que pour regarder passer à côté de moi ma vie au cas où Clara y apparaîtrait, cette nuit, entrerait dans le saláo de la Casa do Alentejo et me chercherait du regard tandis que je parle aux poissons, chaque soir j'invente dans le sourire des femmes heureuses le sourire de Clara, chaque nuit je l'espère et me dis que peut-être aujourd'hui, de l'autre côté du ruban rouge, elle entrera bientôt, mais non.

La sérénité me sera à jamais inaccessible, mas ao menos fico só.

À la fin, je suis seul.

Autres romans chez Héliotrope

Achevé d'imprimer en septembre 2011
sur les presses de Transcontinental Métrolitho.